プリマドンナ・デル・モンド

誰も知らないモナリザの秘密

稲邊富実代 INABE FUMIYO

幻冬舎 MC

プリマドンナ・デル・モンド

誰も知らないモナリザの秘密

目次

Ⅰ　少女

第1章　春……8
第2章　聖ジョルジョ祭……17
第3章　マントヴァの秋祭り……40
第4章　騎馬試合……49
第5章　婚礼……56
第6章　マントヴァの雪……63
第7章　ルドヴィコとの出会い……74

Ⅱ　マントヴァ侯妃

第8章　初めての政務……82

第9章　プリマドンナ・デルモンド……89
第10章　すれ違い……94
第11章　試練……102
第12章　イタリア戦争……128
第13章　絆……157

III　身命を賭して

第14章　ミラノ陥落……192
第15章　レオナルド・ダ・ヴィンチ……202
第16章　フランスへ……212
第17章　マントヴァへ……287
エピローグ　その後のイザベラ……302

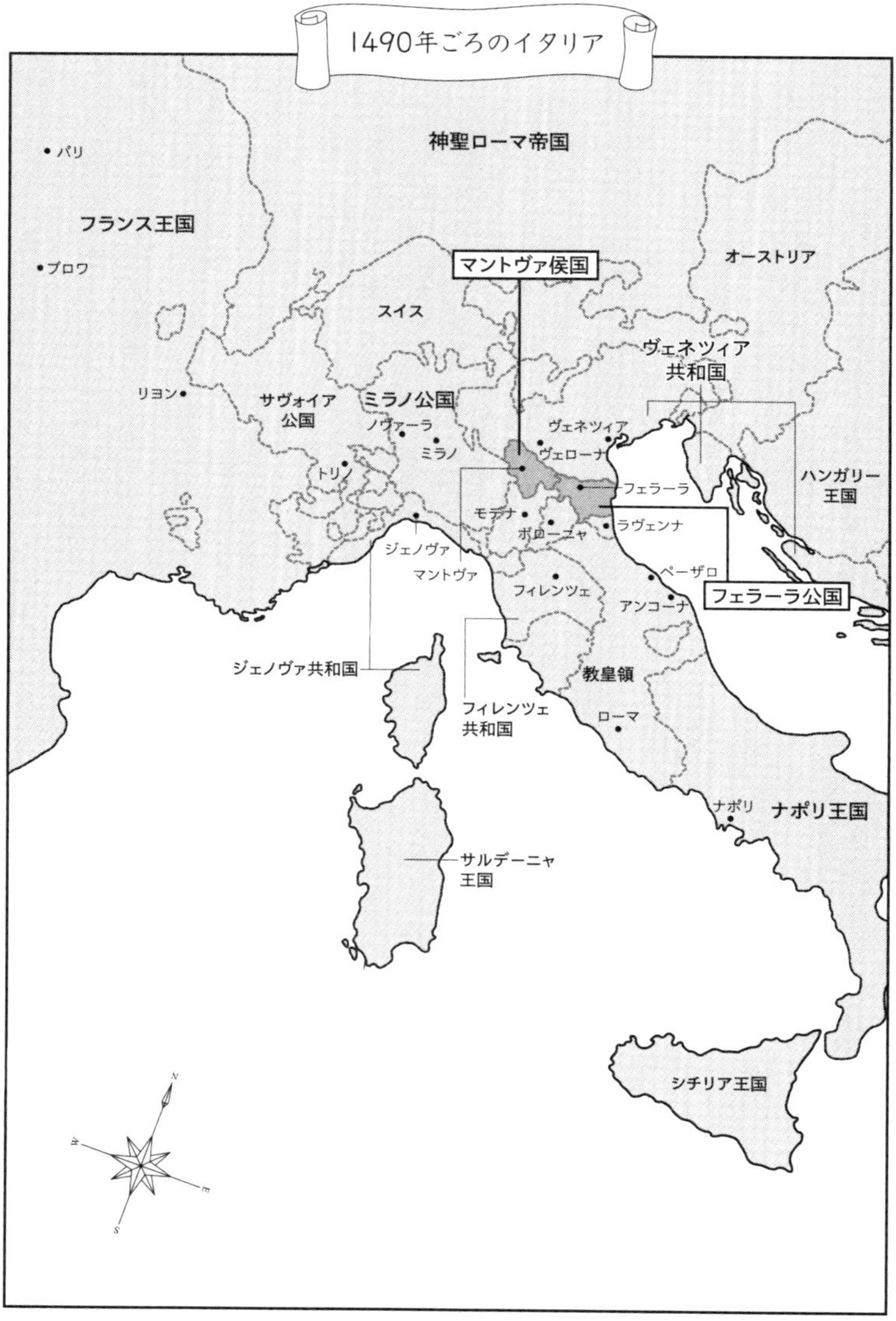
1490年ごろのイタリア
パリ
神聖ローマ帝国
フランス王国
ブロワ
マントヴァ侯国
オーストリア
スイス
ヴェネツィア
共和国
リヨン
サヴォイア
公国
ミラノ公国
ノヴァーラ
ミラノ
ヴェネツィア
ヴェローナ
トリノ
フェラーラ
ハンガリー
王国
モデナ
ボローニャ
ラヴェンナ
ジェノヴァ
マントヴァ
ペーザロ
フィレンツェ
フェラーラ公国
アンコーナ
ジェノヴァ共和国
教皇領
フィレンツェ
共和国
ローマ
ナポリ
ナポリ王国
サルデーニャ
王国
シチリア王国
N
W
E
S

【主な登場人物】

イザベラ・デステ……主人公　フェラーラ公爵夫妻の第一子
イザベラの父……エルコレ一世（フェラーラ公爵）
イザベラの母……エレオノーラ（フェラーラ公妃、ナポリの王女）
イザベラの妹……ベアトリーチェ（次女、第二子　後のミラノ公妃）
イザベラの弟たち……アルフォンソ（長男、第三子　後のフェラーラ公爵）
フェランテ（次男、第四子）
イポリート（三男、第五子）
シジスモンド（四男、第六子）
イザベラの従弟たち……ジョヴァンニ（イザベラより1歳下）
ステファノ（1歳下）
ルチオ（2歳下）
エンリーコ（2歳下）
フランチェスコ・ゴンザーガ……イザベラの婚約者　マントヴァ侯爵
ルドヴィコ・スフォルツァ……ベアトリーチェの婚約者　後のミラノ公爵

I

少女

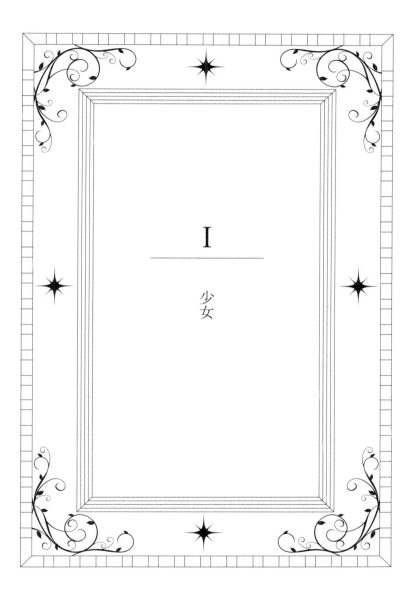

第1章　春

北イタリアの公国フェラーラは、１４８９年の春のさなかであった。

もうすぐ15歳のイザベラは大理石の広い階段を駈け上がると、いつもの様に「ラテンの部屋」の前に来た。無数の彫刻が施された大きな樫の扉を全身の力で押し開ける。すると、中からエンリーコの笑い声が耳に飛び込んできて、思わず微笑んだ。

その時、イザベラは、はっとした。

見知らぬ若者がいるのだ。

エンリーコとジョヴァンニは若者の正面に、ステファノとルチオは若者の両隣に座って、目を輝かせながら若者の話に聞き入っていた。

ジョヴァンニとステファノはイザベラより一つ年下で14歳、エンリーコとルチオは13歳で、皆イザベラの従弟である。

一方、この若者は18歳くらいにも見えるし、22～23歳くらいにも見えるし、第一、この国の人か否かさえ見当もつかなかった。

イザベラは、不思議な力に吸い寄せられる様にしてそちらの方へ歩み寄った。

次の瞬間、イザベラは釘づけになった。

剛毅と度胸と、ふてぶてしいまでの落ち着きを感じさせるその面構えに、イザベラは「ただ者ではない」と直感した。

イザベラは我を忘れて、その若者の眉間を射る様に見つめた。

若者は、眉一つ動かさなかった。

やがてイザベラは、何事も無かった様にそこを離れた。


部屋の中は春の光でいっぱいだった。

普段は人気《ひとけ》のある図書館も、昼下がりの今は静かだった。

大きなつづれ織りの壁掛けも、そして、天井まで届く栗の木の書棚も、春の日差しの中で午後の夢を見ている様であった。

この図書館は、フェラーラの領主エステ家のもので、イザベラの父エルコレ一世がこの様に充実させたのである。

時は15世紀、イタリア全土はまさにルネッサンスの春を迎えていた。

そして、中世以来のエステ家の努力が結実し、今やフェラーラは「芸術の花咲く国」として名高かった。

イザベラは書棚からいつもの本を取り出した。

部屋には大きな大理石のテーブルが二つあり、イザベラがいつも使っている窓際のテーブルは今日は彼らに占領されていた。

イザベラはもう一つのテーブルに歩み寄り、そっと本を下ろした。その途端、部屋の中いっぱいに、その音が微かに反響するのが聞こえた。

イザベラは昨日の続きを読み始めた。

しかし、今日は背後の彼らの話し声がどうしても気になり、少しも先へは進まなかった。


やがて、少年たちはフェンシングの話を始めた。

イザベラの背後で少年たちは、とうとう剣を抜いて、図書館という場所もわきまえずその若者に手取り足取り教えてもらっているらしかったが、イザベラは何故か振り返って見ることが出来ず、ただ全身全霊で若者の話に聞き入った。

剣の持ち方から戦場での心構えまで、若者は請われるままに少年たちに語って聞かせた。その言葉の一つ一つにイザベラは涙が出るほど心を揺さぶられた。


暫くして、足元にジョヴァンニの羽根ペンが落ちているのに気がついたイザベラは、それを拾い、そっとジョヴァンニに渡した。

途端に、ジョヴァンニも若者も話すのをやめ、若者はイザベラの顔を見つめた。

ジョヴァンニはいつになく満面の笑顔でイザベラの顔を見上げ、いつになく優しい声で
「有難う」

と言った。

イザベラはどぎまぎして、目を伏せたまま会釈して自分の席に戻った。

やがて、少年たちは後に残り、若者は独り帰って行こうとした。

若者はイザベラのテーブルすれすれに通って行こうとしたので、驚いてイザベラは、思わず顔を挙げた。

途端に若者は立ち止まり、ぎごちなく振り返って少年たちに何か話しかけた。

その時イザベラは、若者の胸に紋章が見えることに気がついた。目を凝らして見ると、それは黄金の獅子と黒い鷲だった。どこかで見たことのある紋章だと思ったが、どうしても思い出せなかった。

我に返ってイザベラは若者に会釈した。

すると、立ち去ろうとしていた若者は、もう一度立ち止まってぎごちなく振り返り、ジョヴァンニたちに何か呼びかけてから帰って行った。


その夜、イザベラはいつもの様に母の部屋に行った。

毎晩、寝る前に母にだけ、その日あったことを全てお話しするのだ。

「ねえ、お母様」

話しながらイザベラは母を揺り起こした。

「ごめんなさいね。今日は本当に疲れているの」

そう言いながら、母はまた居眠りを始めた。

春の夜は空気もぬるみ、燭台の光が壁の絵を柔らかく照らしている。

「今日、図書館で不思議な人に会ったの」

　イザベラは「ラテンの部屋」で会った若者のことを話し始めた。すると、今までいくら揺り起こしてもすぐに眠り込んでしまった母が、急に目を覚ました。

「何ですって？　今、黄金の獅子と黒い鷲って言わなかった？」

「お母様、一体どうなさったの？」

「それは、ゴンザーガ家の紋章なの。きっとフランチェスコ様に違いないわ」

「えっ？」

　イザベラは、息が止まるほど驚いた。


　今から9年前の１４８０年、隣のマントヴァ侯国の領主の長男フランチェスコ・ゴンザーガと、エステ家の長女イザベラの間に婚約が取り結ばれた。その時、フランチェスコ14歳、イザベラ6歳であった。

　それから4年後、父の死去によってフランチェスコは18歳でマントヴァ侯爵となった。


「お母様、私、とても信じられません。フランチェスコ様とはまだ小さかった頃にお会いしただけですけれど、今日の御方がフランチェスコ様だなんて」

「どうして、そんなことがわかるの？　貴女はフランチェスコ様のお顔を覚えていないのでしょ？」

「だって、今日の御方は私に声もかけて下さらなかったわ。フランチェスコ様なら……それとも、私が誰だかおわかりにならなかったのかしら」

「ねえ、イザベラ、私はフランチェスコ様だと思うの。そして、貴女のことはちゃんと分かっていらしたみたいよ。これは私の勘なのだけれど、もしもフランチェスコ様なら、きっと近いうちにまたいらっしゃるでしょう。——あの図書館の同じお部屋に」

イザベラは驚いて母の顔を見た。母は遠くを見る様な目をしていた。


一夜明けると、もうそのことは気にならなかった。

今のイザベラには、もっと魂を奪われることが他にあった。

イザベラは、また毎日の様に「ラテンの部屋」へ行ってヴィルギリウスを夢中で読んだ。イザベラには、ヴィルギリウスの息づかいが感じられる様になり、1500年も昔の詩人の声が聞こえる様な気がした。

図書館の大理石の階段を駆け上がるイザベラの足取りは、日に日に速く軽やかになっていった。

早く読みたいという思いに胸を弾ませ、15歳のイザベラは広い階段を一気に駆け上がっていった。そして、大きな扉を力いっぱい開け、「ラテンの部屋」に飛び込むと、いつもの栗の木の書棚からヴィルギリウスを取り出した。

その時、イザベラは、はっとした。

「あっ、あの方だわ」

部屋の隅の小机の所でエンリーコと話しているのは、紛れもなく1週間ほど前のあの若者だった。

イザベラは、母の慧眼に驚嘆し、呆気にとられて若者を見た。

若者は、その瞬間、目だけでイザベラを見た。

イザベラは慌てて目を伏せ、テーブルに着くと本を開けた。

その時、隣のテーブルのジョヴァンニがステファノに向かって声高に言った。

「フランチェスコさん、あんな所にいるよ。本にしか関心が無いんだね」

「あの本は、この図書館にしか無いから。だからここへ来るんだよ」

とステファノがぼそっと言った。無口なステファノが声を出したので、イザベラは驚いて顔を挙げ、ステファノを見た。

その時、部屋の隅からフランチェスコがこちらに向かって走ってくるのが見えた。フランチェスコは目を大きく見開き、上半身を固くして、幼子の様に前のめりになりながら走ってきた。そこには、この前の、あの剛毅な面構えは無かった。

イザベラは、これが当代随一の武勇で知られるあのマントヴァ侯なのかと我が目を疑った。

イザベラとジョヴァンニの席は背中合わせになっていたが、走ってきたフランチェスコは二人の間にやって来て、背後からジョヴァンニに話しかけた。

イザベラは辞書を取りに行きたかったが、自分の椅子の背もたれのすぐ後ろにフランチェスコが立っているので暫くためらった。しかし、いつまで待ってもフランチェスコが立ち去らないので、遂に意を決して立ち上がった。

フランチェスコは狼狽し、一瞬、椅子と椅子の間から足を抜こうと試みたが、結局そこに踏みとどまった。

イザベラは、小さな声で、

「すみません」

と言って、静かにラテン語の辞書を取りに行った。

戻ってくると、フランチェスコは同じ所にいた。

イザベラが続きを読もうとした時、不意にエンリーコとルチオが立ち上がり、声を挙げた。

「フランチェスコさん、こっち、こっち」

「早く、早く」

見ると、彼らはフランチェスコの両手をぐいぐい引っ張って、部屋の隅の小机の方へ連れていった。彼らはそこで本を開いて見せながら、フランチェスコに何か頻りに話しかけていた。

しかし、暫くすると、フランチェスコは彼らを振り切って、またこちらに走ってきて、ステファノの隣に座った。途端にステファノはフランチェスコに背を向けた。イザベラは驚いて目を見張った。ジョヴァンニは一言も喋らなかった。

ふと見ると、エンリーコとルチオが部屋の隅から投げやりな目でこちらを見ていた。

どれほどの時間が経ったであろう。

部屋の中は静かで、背後のテーブルは誰一人喋る者も無かった。

もうフランチェスコは帰ってしまったのであろう、と思ってイザベラは振り返った。

その途端、無言でこちらを見つめているフランチェスコと目が合い、イザベラは慌てて本に目を落とした。

やがて夕方になり、フランチェスコは少年たちと一緒に出て行った。


次の日からイザベラは、「ラテンの部屋」へ行くたびに、フランチェスコが現れないか、半ば無意識のうちに気にする様になった。

大きな樫の扉を開けると、一瞬のうちにイザベラは部屋の中を隅々まで見渡した。

本を読んでいても、人が入ってくるたびにイザベラは顔を挙げる様になった。

しかし、来る日も来る日もフランチェスコは現れなかった。

第2章　聖ジョルジョ祭

聖ジョルジョ祭が近づいてきた。

フェラーラの国は一年中がお祭り騒ぎで、それがカーニバルと聖ジョルジョ祭の日に最高潮に達するのだ。人々は、雪の降る2月のカーニバルとは違った思いで、春の訪れを象徴する聖ジョルジョ祭を待ち焦がれた。フェラーラの、一番美しい、一番かぐわしい季節のお祭りを。

9年前、イザベラが初めてフランチェスコと出会ったのも聖ジョルジョ祭の日だった。船に乗って父と一緒にやって来た14歳のフランチェスコは、当時6歳だったイザベラとお手玉やおはじきをして遊んでくれた。

その後もフランチェスコは何度か、聖ジョルジョ祭の日に単身おしのびでフェラーラに来ているらしかった。

イザベラは、今年は特別聖ジョルジョ祭が待ち遠しかった。聖ジョルジョ祭のことを考えると胸がいっぱいになった。

今年の野外劇はプルタルク英雄伝が上演されるのだ。イザベラの父エルコレ一世は政治面・文化面ともに優れた手腕を発揮していたが、趣味も多彩で、特に演劇には並々ならぬ関心があった。彼はラテン語をはじめ外国語で書かれた劇を自ら翻訳し、脚色した。

そして、毎年聖ジョルジョ祭には野外劇場を設営し、自ら監督した作品を上演するのだった。

今年のプルターク英雄伝は初めての作品で、父は躊躇したが、母のたっての願いで上演されることが決まったのだ。プルターク英雄伝は、フランチェスコの座右の書であった。

イザベラは、もしもフランチェスコが来るならば、必ず野外劇場に現れるに違いないと思った。


聖ジョルジョ祭の前日、モデナの叔母が2年ぶりにやって来た。

「まあ、ちょっと見ないうちにすっかり大きくなって。明日は案内してちょうだいね」

叔母にそう言われてイザベラはほっとした。

毎年聖ジョルジョ祭には母や妹のベアトリーチェと一緒に行くのだったが、そうすると必ず従姉妹たちが合流し大部隊になってしまうのだ。

「イザベラ、よかったわね。叔母様をちゃんと御案内するのよ」

「はい、お母様」

イザベラは、満面の笑顔で頷いた。

その夜はベッドに入ってからもなかなか眠れなかった。明日のことを考えると胸が熱くなった。

翌朝、イザベラは雨の音で目を覚ました。

急いで飛び起きて窓際に走って行くと、カーテンをかき分け外を見た。

「お祭りはどうなるのかしら」

空はなべ墨色に雲が垂れ込め、大粒の雨が音を立てて降っていた。プラタナスの木々が大きく揺れているのを見ると、風もかなりある様だ。

しかし、一方、お祭りの準備は着々と進んでいた。沢山の人々がびしょ濡れになりながら、あちこちで小屋やテントを建てているのだ。風に翻るテントを力ずくで抑えつけている人や、材料が届かないのか手持無沙汰に雨の中でしゃがんでいる人もいる。もう出来上がっているテントも幾つかあった。木々には色とりどりの無数の造花が飾り付けられ、ちぎれそうなほど激しく風に翻っていた。

その時、母が入って来た。

「イザベラ、早くこの服を着て。今日のために作ったの。本当に、もう間に合わないかと思ったわ」

「まあ、なんて素敵なんでしょう」

純白のレースの服を見て、イザベラは思わずため息を漏らした。

「お母様、有難う」

「さあ、早く着て見せてちょうだい」

イザベラは侍女たちに手伝ってもらって着終えると、母の前に立った。

母は何も言わずに相好を崩した。

「叔母様をお待たせしてはいけないから、早く来てね」

母はそう言って出て行った。イザベラは急いで顔を洗い、歯を磨き、侍女に髪を結ってもらうと、鞠の様に階段を駈け下りて階下の食堂に走って行った。

その途端、食堂のテーブルに着いていた叔母も妹や弟も息を飲んだ。

純白のレースの服に身を包んだイザベラは、目の覚める様な美しさであった。

色は抜ける様に白く、大きな瞳は黒水晶の様に澄み渡り、豊かな髪は深い栗色をたたえていた。

聡明さと気品、そして、幼さ、無邪気さ、人の好さが入り混じった表情は、忘れ難い印象を残した。

イザベラは、あまり皆が眺めるので、顔を挙げることが出来なかった。

妹のベアトリーチェは14歳、弟のアルフォンソは13歳。

幼い弟たち、フェランテとイポリートはまだ寝ているらしかった。

父の姿が見えないが、野外劇場の設営に行っているのであろう。

朝食の間もイザベラは窓の外を見つめ続けた。

「まあ、だんだん小降りになってきましたね」

と叔母が言った。

朝食が終わる頃、遂に雨は小やみになった。しかし、空は依然、なべ墨色で風は激しく木々の枝を揺すっていた。

「お母様、行って参ります」

イザベラは元気よく出かけようとした。それを見て若い侍女たちが飛んで来た。

「姫様、今日はこの様なお天気です。馬車でいらっしゃいませ」

イザベラはうつむいて口ごもりながら
「あの……やっぱり馬車ではお祭りの様子がよく見えないので」

「いいえ、それに今日はモデナの奥方様も御一緒ですから」

イザベラは途方に暮れて母の顔を見た。

その時、横から叔母が、

「私なら大丈夫。やっぱりお祭りは歩いて観た方が楽しいわ」

と言ってくれたので、イザベラはほっとした。すると、もう一人の侍女が、

「おしのびで大丈夫でございますか？　よろしかったら私たちがお供に」

と言い出したので、イザベラは困ってしまった。その時、母が静かに言った。

「有難う。でも、本当に大丈夫なのよ。それより貴女方は、後で私たちが行く時についてきてほしいの。ですから、そろそろ支度を始めてちょうだい」

侍女たちははしゃぎながら蜘蛛の子を散らした様に銘々の部屋へ行ってしまった。

「行って参ります」

イザベラは晴れやかな顔で出かけた。

外は、ひどい風だった。歩こうとしても体が押し戻されそうになり、道の両側の出店のテントも風が吹くたびに大きく揺れていた。

「嵐が来るのかしらね」

叔母が言った。

「思い出すわ。昔、貴女がモデナに疎開していた時、ひどい嵐があったわねえ」

「はい、よく覚えています」

「あの時、お家を遠く離れて、窓を打つ雨や風の音に弟さんたちはみんな泣き出したけれど、貴女だけは泣かなかったわ。あれは何年前のことかしら」

「もう7年前になります。叔母様のところでお世話になったのは、私が8歳から10歳の時でした。あの御恩は一生忘れません」

「まあ、そんな。私の方こそ、とっても楽しかったわ。私はよく貴女と一緒に寝たわね」

イザベラもまざまざとあの頃のことを思い出した。


それは1482年、イザベラが8歳の時であった。ローマ法皇シクストゥス四世の甥ジェラロモ・リアリオがフェラーラに目をつけ、法皇とヴェネツィアを味方に引き入れて、フェラーラを解体すべく宣戦布告してきた。

これに対し、イザベラの父フェラーラ公爵エルコレ一世はフェレンツェ、ナポリ、ミラノの支援を受け、ここにフェラーラ戦争の火蓋が切って落とされたのであった。

戦況は悪化し、ヴェネツィアの軍隊がフェラーラに攻め込み、エルコレ一世は子供たちをモデナに避難させた。

その直後、フェラーラは最大の危機を迎えた。エルコレ一世の病臥である。

彼は持病の痛風が悪化し、まさに死の淵に瀕していた。

しかし、その時、イザベラの母エレオノーラ公妃がフェラーラの国民に向かって、祖国を守るため戦うことを涙ながらに訴えた。その言葉に国民は奮い立ち、フェラーラは戦い抜いたのである。フェラーラの国民は、自分たちの国土を守るため、自ら武器を持って立ち上がり、押し寄せるヴェネツィア・法皇連合軍に立ち向かっていった。

そして、遂に１４８４年、「バニョロの和」によりフェラーラ戦争は終結し、フェラーラは滅亡を免れたのであった。


「幼い頃から私は、泣き言を言うたびに母からもの凄く叱られました。『それでは国を守れませんよ』と。『泣き言を言った者から滅びていくのです』と」

当時のことを思い出しながらイザベラが語ると、叔母は驚いて言った。

「えっ、エレオノーラ様が？　エレオノーラ様は、もう貴女が可愛くて可愛くてたまらないことは有名よ。貴女にめろめろで、貴女が泣いたらキスを浴びせかけて『かわいそうに！』と抱きしめそうなエレオノーラ様がねえ……よほどフェラーラ公妃として御苦労なさったのね」

「私も、国が危機に瀕した時、母の様に国を守れる人になりたいと思って、泣き言を言わない様に頑張ってます」

おそらく、どの子よりもイザベラが母エレオノーラの思いを一番真剣に受け止め、ひたむきにそれに応えようとしたのであろう。

一層イザベラにのめり込み、全てを注ぎ込もうとするエレオノーラの凄まじい思いを感じ、叔母は圧倒された。


1483年、疎開先のモデナでイザベラは熱を出した。すると、それを聞きつけフランチェスコは、モデナに手紙とお見舞いの品を送ってきた。9歳の自分がお礼状の中で次の様な一節を書いたことを、イザベラは今でもはっきり覚えている。

「御手紙とプレゼントを見ました途端、私はすっかり病気が治ってしまいました。でも、私の病気がいつまでも良くならない様ならフランチェスコ様がモデナまでお見舞いに来て下さる、とお聞きして、私は、もう一度病気になりたいと思いました」


「ねえ、イザベラ」

思い出に浸っていたイザベラは、叔母の声に我に返った。

「毎年スキファノイア宮殿の近くに氷水のお店が並ぶの。何と言っても、私、あれが一番楽しみよ」

叔母はそう言って、スキファノイア宮殿の方角へ向かって歩き出した。

フランチェスコが現れるに違いない野外劇場に、イザベラは早く行きたくてたまらなかったが、今日は叔母はお客様なので、わがままを言ってはいけないと思っておとなしくついて行った。

「ねえ、あのフェラーラ戦争の時、妹さんはナポリにいたのでしょ?」

「はい、ベアトリーチェは10歳までナポリにいました。私が3歳の時、母は私と2歳のベアトリーチェと1歳のアルフォンソを連れて、ナポリへお里帰りしました」

「ああ、そうね。エレオノーラ様は、ナポリの王女でいらしたんですものね。その時じゃなかったの? エレオノーラ様の弟君のアルフォンソ様が貴女を見て『なんて可愛い子なんだろう。姪でなかったらお嫁さんにするのに』っておっしゃったのは」

イザベラは、うつむいて微笑んだ。

「その時ナポリの祖父が、私かベアトリーチェのどちらかをナポリに置いて帰る様にと母に迫ったんです。人質的な意味もあったので、母は猛反対しましたが、あまり祖父にしつこく言われたので、とうとうベアトリーチェを預けて帰ったそうです。ベアトリーチェは、それから8年間ナポリにいました。――ベアトリーチェが黒い服を好んで着るのも、あの8年間が影を落としている様な気がして……自分は親から見捨てられた、と」

そう言ってイザベラは、一瞬、悲しげな表情を浮かべた。

しかし、すぐにまたイザベラは、叔母をもてなしたい一心でお喋りに興じた。そうしながらもイザベラは、目だけは注意深くあたりを見ることを怠らなかった。すれ違う人や、道の両側の出店の中の人々の顔を、イザベラは一つ一つ見ていった。


「じゃあ、あのニッコロ・デステ殿の夜襲があった時は、妹さんはもうナポリにいたの？」

「いいえ、あれはベアトリーチェがナポリへ行く前の年の出来事だったんです」

それは1476年の或る夜のことであった。

エルコレ一世の甥ニッコロ・デステが武装した兵士の群れを率いて不意に宮殿になだれ込んできたのである。その時、公爵は不在で、公妃エレオノーラは生後間もないアルフォンソを抱き上げると、侍女たちに2歳のイザベラと1歳のベアトリーチェを抱かせ、宮殿の地下道を走りに走って間一髪、隣の城砦に駈け込んだのであった。


こうして叔母とお喋りしながらもイザベラは、自分がどんどん野外劇場から遠ざかっていくことを感じて、たまらない気持ちに駆られた。しかし、気を取り直し、今は一刻も早く氷水のお店へ行き、その後、叔母を野外劇場へ引っ張って行こう、と必死で足を速めた。

「まあ、貴方、今年もなさっているのね」

叔母の声にイザベラは振り返った。叔母は出店の店主と話をしていた。

「これは、これは、モデナの奥方様」

見るからに人の好さそうな店主は恭しく一礼した。

「いいのよ、今日はそんな堅苦しいことなさらないで。今、氷水のお店を探していたんですけど、そうね、じゃあ、その前にこちらに入ろうかしら」

叔母はイザベラに向かって手招きした。イザベラは思わずため息をつきかけたが、慌てて背筋を伸ばし、微笑んで見せた。

売店の中には簡素な木のテーブルと椅子しか無かったが、店主はその中で一番きれいなテーブルを探し、叔母に丁重に椅子を勧めた。そして、イザベラにも椅子を勧めてくれたので、イザベラは店主の顔を見上げ愛想よく微笑んだ。その瞬間、店主ははっとした様子でイザベラの顔を食い入る様に見つめ、慌てて最敬礼すると出て行ってしまった。

スパゲッティが運ばれて来ると、叔母は子供の様に
「まあ、いいにおい」

と言って、フォークを取った。いつもなら、こういう時一番はしゃぐのはイザベラだが、今日は胸が詰まる思いがした。しかし、それを見せまいとしてイザベラは必死で笑みを浮かべた。

叔母はまた話し始めた。

「じゃあ、ミラノのルドヴィコ様との婚約の時も、妹さん御本人はナポリにいたの？」

「はい、あの時ベアトリーチェはもうナポリに行って居りました。父はナポリに急使を送って祖父の承諾を取り付けたんです」

「あれは、随分昔のことね」

「ベアトリーチェが5歳の時でした」

「まあ、そんなに小さかったの？　あの時、ルドヴィコ様は28歳か29歳くらいの青年でいらしたわ。それはそうと、あの縁談は確か、初めは貴女にと言ってきたんじゃなかったの？」

「そうなんです。でも、その1か月ほど前に私はフランチェスコ・ゴンザーガ様と婚約して居りました。それで、父の提案により、急遽ベアトリーチェとのお話が決まったのです」

そう言いながらもイザベラは、目の前を行く人々の顔を一つ一つ見続けた。時間が経つにつれ、だんだん人の数が増えてきたのが感じられた。イザベラは、フランチェスコが通らないか、目を凝らして見続けた。


食事を終え、店主に挨拶して店を出ると、空はなべ墨色が薄くなって、白っぽい灰色の雲に覆われていた。風も少し弱まった様だが、去年とは違って肌寒かった。それでも、朝とは比べ物にならないほどの沢山の人々がくり出してきた。男性も女性も子供も老人も、様々な色の様々な衣装に身を包んでいた。

そんな中で、純白の服を着たイザベラはよく目立ち、すれ違う多くの人々が思わず見ていった。そのたびにイザベラはうつむいた。髪が風に吹きあおられて目茶苦茶になっているらしかったが、イザベラはもう気にしないことにした。イザベラは必死で足を速めた。

道の両側には、色とりどりの造花や看板で飾られたテントや小屋が無数に建ち並んでいた。それらは、ほとんどが売店で、昨夜から今朝にかけて建てられたものだった。スパゲッティ、ピッツァ、ジュース、果物、リボン、おもちゃ、櫛、花かんざし、テーブル掛け、壁飾り……

目もあやに様々な品物が並んでいた。叔母は珍しそうに、その一つ一つに足を止めて見入った。そのたびにイザベラは我慢強く待った。

イザベラと叔母は、もみくちゃになりながらスキファノイア宮殿近くの氷水のお店を目ざした。しかし、お祭りの敷地の最南端に位置するスキファノイア宮殿は遠かった。道々叔母は足を止め、何度となく売店の店先を眺めた。

そして、やっと目ざす氷水のお店に着いた時は、既に三時を過ぎていた。イザベラは、もう今から野外劇場へ行っても間に合わない、と泣きたくなったが、それでもとにかく行ってみようと思った。

氷水のお店を出ると、イザベラは初めて言った。

「叔母様、まだ他に何か御覧になりたいですか？　あの……実は、野外劇場で、父が監督致しましたプルターク英雄伝をやっているんです。出来れば、それを観に行きたいんですけれど……」

「まあ、それは何時までなの？」

「4時までです」

「じゃあ大変。急がなきゃ」

叔母は急に早足で歩き出した。イザベラは必死で神様に祈りながら歩いた。

沢山の人々でごった返す道をイザベラも叔母も、人をかき分けかき分け無我夢中で野外劇場を目ざした。

人ごみの中でイザベラは、何度も叔母を見失いかけた。

「こっち、こっち」

「あっ、叔母様」

イザベラは全身の力でそちらへ行こうとしたが、押し戻され押し戻され、少しも体が進まなかった。

「ああ、もう間に合わない」

イザベラは泣きそうになりながら、人の隙間を無理矢理進んだ。

「後ちょっとよ。急ぎましょ」

叔母も必死だった。

「駄目だわ、もう」

イザベラは目の前が暗くなりかけた。

「あっ」

不意に叔母が叫んだ。

「間に合ったみたいよ」

遠目にも、野外劇場の舞台の上で戦の場面が繰り広げられているのが見え、イザベラも叔母も駈け出した。

野外劇場の入口まで駈けつけた時、突然、中から若者が飛び出して来た。

「フランチェスコ様だわ」

イザベラは心臓が止まりそうになった。

しかし、次の瞬間、イザベラは分からなくなった。

「フランチェスコ様なのかしら」

目を凝らして見ると、その若者はフランチェスコの様にも見えるし、違う様にも見えた。イザベラは必死で若者を見つめた。見つめられて、若者は入口の看板の所で拳を握りしめて仁王立ちになっていた。

叔母に呼ばれてイザベラは我に返り、中へ入った。そして、出入口に近い一番後列の席に座った。

その時、どこにいたのか、従兄たち、ジョヴァンニとステファノとエンリーコが急に現れ、その若者の周りに寄ってきて若者を取り囲んだのだ。

「やっぱりフランチェスコ様なのかしら」

イザベラは、あんなに言って叔母にきてもらったのだから、叔母の前だけでも劇を見なくては申し訳ない、と思いながらも、どうしてもすぐにそちらを見てしまった。若者は相変わらず同じ姿勢で仁王立ちになっていた。

と、若者は急に駈け込んできて、イザベラのそばの席の人に話しかけた。なんとそこにはルチオが座っていたのだ。若者はルチオに話しかけながら、顔はこちらに向けていた。イザベラは、真っ先に眉を見た。あのつり上がった太い眉とは違い、随分ぼわっと広がった雲の様な眉だった。

イザベラは、はっとして若者の胸を見た。しかし、そこには紋章は無かった。イザベラは目を見た。若者は目を振り子の様に揺らせ、決して一点を見ることが無かった。

「違うのかしら」

その時、エンリーコが走り去るのが見えた。そして、そのままエンリーコは戻ってこなかった。

若者はまた駈け出して行った。やがて独り戻ってくると、今度は最後列のイザベラの席にほど近い所で仁王立ちになった。

「あっ、あの手は」

握りしめた若者の手の角度が、図書館で見たフランチェスコの手つきと寸分違わない様に見えた。

「やっぱりフランチェスコ様なのかしら」

若者は横顔を見せていたが、イザベラと目が合うと慌てて違う方を見た。

上の空のうちに劇は終わった。

叔母にお礼を言いながら外に出ると、イザベラはもう一度振り返って若者を見た。その途端、若者は雪割草の様な蒼白の顔になってうつむいた。

翌朝、叔母はモデナへ帰って行った。イザベラは、叔母の馬車が見えなくなるまで手を振り続けた。叔母もいつまでもハンカチを振っていた。


その夜、イザベラは昨日のことを一部始終母に語った。母はきっぱりと言った。

「それは、フランチェスコ様です。フランチェスコ様は、あの暴風の中を朝からずっと野外劇場で待っていて下さったのだわ」

「それならお母様、どうしてあんな格好で……いくらおしのびでもひど過ぎます。もしもフランチェスコ様なら、私に全然敬意を払って下さっていません」

「あのね、イザベラ、フランチェスコ様は二つのわけがあって、そんな恰好でいらっしゃったのだと思うわ。先ず一つ目は……そうね、これは後回しにしましょう。もう一つは、貴女が身なりとか外見にとらわれる人間かどうか確かめたかったのでしょう。図書館で貴女の人となりは大体お分かりになったはずだけど、今一度そのことを確認なさりたかったのでしょう」

「えっ、そんな……それで、結果はどうだったでしょう?」

「もちろん、合格よ。貴女はそんなことで人に対する態度を変える子じゃないもの」

「本当?」

イザベラは満面の笑顔になった。

「それで、第一の理由というのは何ですか?」

「このことは貴女に言わないでおこうかと思ったのですけれど……アルフォンソが聞かせてく

れたんだけれど、ジョヴァンニやエンリーコたち、貴女の4人のあの従弟たちがね、最初にフランチェスコ様が図書館にいらっしゃった直後に、貴女の婚約のことを初めて知ったらしいの。もうとっくにみんな知っているものと思い込んでいたけれど、あの子たちはまだ幼かったから何も聞かされていなかったのね。それが、思いもかけないことから突然わかって、ショックを受けたらしいの」

思いがけない事実に、イザベラは驚いた。

「そして、『4人でこの縁談を壊そう』と誓ったんですって。その理由がね……あんな浅黒い人はイザベラに合わない、と言っているんですって。それから、イザベラは有名な先生でも舌を巻くほどラテン語が上手いのに、一体どこから聞いてきたのか、フランチェスコ様は幼い時から先生方に『この若君を机に縛り付けておくのは至難の業でございます』と言われて母上に叱られた、とか、あの御方は戦しか出来ない、とか目茶苦茶言っているらしいの」

母はさらに続けた。

「それでね、ここが可愛いの。最後に、一番年下のルチオがぽろっと『壊した後でどうするの?』と言ったんですって。そしたら急にみんな、しゅんとなって黙ってしまったらしいの」

そう言って、母は目頭を押さえた。イザベラは黙ってうつむいて聞いていた。

次の日、イザベラは数日ぶりに図書館に行った。

いつもと違ってイザベラは、大理石の階段を静かに上って行った。そして、「ラテンの部屋」

の樫の扉を開けた時、後ろからルチオがやって来るのに気がついた。イザベラは、ルチオのために扉を開けて待っていた。やにわにルチオは、イザベラが支えている扉を足で蹴った。

その音が反響した。

イザベラは、衝撃のあまり口も利けなかった。

あのおとなしいルチオが……口数が少ないのはステファノだが、ステファノの中には意固地な一面があることをイザベラは知っていた。それに比べてルチオは本当におとなしい優しい少年だった。イザベラはルチオの後姿を見送りながら、打ちのめされて立っていられない思いであった。

イザベラは、もう帰ってしまいたかったが、気を取り直していつもの書棚の所へ行った。しかし、いつもイザベラが読んでいるヴィルギリウスは、今日はそこに無かった。驚いてイザベラはあちこち探した。

そして、思いもかけずステファノの前に置かれているのを見つけた。しかし、ステファノは読んでいる様子は無かった。

イザベラは恐る恐るステファノに、

「この御本、よろしかったら、読ませていただけません？」

と声を掛けた。

「いいですよ、もう」

地響きのする様な唸り声が部屋中に響き渡った。生まれて初めてステファノが大声を出したので、イザベラは呆気にとられた。次の瞬間、イザベラは涙が出そうになった。

イザベラは力無くヴィルギリウスを手に取ると、隣のテーブルに着いて読み始めた。ふと見ると、部屋の隅にジョヴァンニがいた。ジョヴァンニはこちらを向かなかった。イザベラは本に目を落としたが、少しも先に進まなかった。

夕方、イザベラが図書館から出ると、空は淡いすみれ色を帯びた薄水色に暮れなずんでいた。日没からとばりが下りるまでの、刻々と変わる夕暮れの光の中でも、透き通った水の様な光で空気が満たされる瞬間を、イザベラはいつも心を震わせる思いで見るのだった。今、折しもあたりはその光で満たされていた。

イザベラは、図書館のポーチの石の円柱の間からいつまでも西の空を、うち眺めていた。


イザベラは次の日も図書館に行った。力無く階段を上り、樫の扉を開けたが、今日もエンリーコの姿は無かった。あの野外劇場から走り去って以来、エンリーコはイザベラの前に姿を見せなかった。エンリーコは4人の中でも一番無邪気な少年だった。次の日も、その次の日も、エンリーコは現れなかった。

イザベラは夜も寝つけなくなった。明け方やっとうとうとしても、またすぐに目が覚めた。絶えず頭がぼうっと熱く、めまいがしそうだったが、それでも我慢してイザベラは毎日図書館に行った。しかし、いつまでたってもエンリーコは現れなかった。

そうしているうちに、イザベラはとうとう熱を出した。寝ていても少しも心は休まらず、熱はなかなか下がらなかった。

「もう気にしないで。こんなことばかり続けていたら、本当に死んでしまうわ」

枕元で母が涙声で言った。それでもイザベラは悲しくて寝ながら涙を流し続けた。

数週間後、やっと熱は下がった。イザベラは、力が抜けてふらふらする身体に鞭打ち、数週間ぶりに図書館に行った。そろそろと階段を上り、全身の力で樫の扉を押し開けた。

次の瞬間、イザベラは我が目を疑った。ちゃんと4人揃ってテーブルに着いているではないか。彼らはイザベラに気づくと、一斉にこちらを見て微笑みかけた。イザベラは、涙がこみ上げてきて、4人の顔がゆらめいて見えた。

イザベラの生い立ち

☆♪☆♪☆♪☆♪☆♪☆♪☆♪☆♪☆♪☆♪

聖ジョルジョ祭、楽しそうでしたね。

この☆と♪　素敵でしょ！

イザベラの紋章はお星様と音符だったのです。
お祭りの道々、モデナの叔母様との会話から次々に分かったイザベラの生い立ち。
ちょっと、ここでまとめてみましょう。

・1474年　イザベラ誕生　フェラーラ公爵夫妻の第一子。
・1475年　妹ベアトリーチェ誕生　第二子。
・1476年　弟アルフォンソ誕生　第三子　嫡男。
・1476年　ニッコロ・デステの乱　イザベラ2歳
・1477年　母エレオノーラはイザベラ、ベアトリーチェ、アルフォンソを連れ実家のナポリ王家にお里帰り。2歳のベアトリーチェをナポリに置いて帰る。
・1480年　イザベラ（6歳）とマントヴァのフランチェスコ（14歳）が婚約。1か月後、ミラノのルドヴィコ（28歳）がイザベラに求婚したが、既にフランチェスコと婚約していたため、ルドヴィコはベアトリーチェ（5歳）と婚約。
・1482～1484年　フェラーラ戦争。ヴェネツィアとローマ法皇の連合軍がフェラーラに侵攻。戦況が悪化し、イザベラはじめフェラーラ公爵の子供たちはモデナへ疎開。
・1483年　イザベラ（9歳）モデナで発熱　フランチェスコからお見舞い

・1484年「バニョロの和」によりフェラーラ戦争は集結　イザベラ10歳
・1485年　ベアトリーチェが8年ぶりにナポリから帰国。ベアトリーチェ10歳
イザベラ11歳

(イザベラの紋章は、お星様と音符です。覚えてね!)

☆♪☆♪☆♪☆♪☆♪☆♪☆♪☆♪☆♪☆♪☆♪

第3章　マントヴァの秋祭り

夏が過ぎ秋が来ると、フェラーラはまた落ち着きを失った。隣国のマントヴァで秋の収穫のお祭りが盛大に行われるのだ。お祭り好きのフェラーラの人々は、毎年大挙して船でマントヴァの秋祭りにくり出して行くのだった。

お祭りの日が近づくにつれ、もう、みんなじっとしていなかった。そんな中で、4人の従弟たちは特に落ち着きを失った。

イザベラは相変わらず、毎日の様に「ラテンの部屋」に行き、満ちたりた心でヴィルギリウスに読みふけっていた。秋祭りの前日もイザベラは「ラテンの部屋」の窓際のテーブルでヴィルギリウスを読んでいた。

その時、ジョヴァンニが入って来た。ジョヴァンニは儀式の時だけ着る様な一番良い服に身を包んでいるので、イザベラは目を見張った。ジョヴァンニはいつになく愛想よく会釈し、顔を真っ赤にして、目の横に青筋を立てながら笑って見せた。

暫くして扉が開く音がしたので振り返ると、ステファノが立っていた。驚いたことにステファノも一番良い服を着ていた。イザベラが会釈をしてもステファノは眉一つ動かさず、こわばった顔のまま部屋へ入って来た。そして、大股で一直線にこちらにやって来ると、イザベラにぶつかるほどすれすれの所を通って行った。

数分後、今度はエンリーコとルチオが揃って、彼らも一番良い服に身を包んで現れた。イザベラが振り返って、感心した様に微笑んで見せると、彼らは急に相好を崩し、二人でふざけながらジョヴァンニたちの所へ行った。

イザベラは心から、この従弟たちは命と同じくらい大切な、かけがえの無い宝だと思った。

その夜、イザベラは上機嫌で母にそのことを話した。母は黙って奥深い目つきで聞いていたが、やがて静かに言った。

「あのね、イザベラ、アルフォンソから大変なことを聞いたの。あの4人が明日、マントヴァの秋祭りで見回りをするんですって。お祭りの会場を4つに分けてそれぞれ分担を決めてね。フランチェスコ様が現れないか、見張るつもりらしいの。決して貴女に会わせない、と言っているんですって」

イザベラはうなだれて自分の部屋へ行った。窓から星空を見上げながら、イザベラは物思いに沈んだ。今にして思えば、従兄たちが今日、一番良い服を着てやって来たのは、彼らの切なる訴えだった様な気がした。それを思うと、イザベラは涙がにじんできた。とても明日マントヴァに行くことは許されない様な気がした。

「イザベラ、早く起きて」

翌朝、まだ暗いうちにイザベラは母に揺り起こされた。

「ベアトリーチェが熱を出したの。それで、私は今日ついて行けないから、チェチーリアたちと一緒に行ってちょうだい」

チェチーリアは、イザベラより1歳上の従姉である。

「お母様、今日はやめようかと思っているんです」

イザベラはうつむいて言った。

「何を言っているの。さあ、早く起きて。マントヴァは遠いのよ。チェチーリアたちはもうすぐ出るんですって」

母にせかされてイザベラは起きた。

「ねえ、見て。毎年秋祭りは寒くなるから、今年は貴女にいいものを用意したの」

「お母様、また何か作ったの？　いやだわ、こんなの派手過ぎるわ」

侍女の差し出した箱の中には、真紅のマントが入っていた。

「そんなことないわよ。ちょっと着てみて。ほら、よく似合うじゃない」

母は目を細めてイザベラの姿を見た。

知らないうちに母がチェチーリアに頼んでしまったので断ることも出来ず、イザベラは大急ぎで支度をした。出かける前にイザベラは、ベアトリーチェの寝室に行った。

「どう？　苦しい？」

「ううん、だいぶ良くなったの」

「ごめんね、私も今日はやめようかと思ったんだけれど」

「いいのよ。もしもマダレーナおねえ様に会ったら、よろしくお伝えしてね」

「わかったわ」

「そのマント、素敵よ。お姉様によく似合うわ」

病気なのに、こんな思いやりのある言葉を言ってくれるベアトリーチェの優しさに、イザベラは思わず涙ぐんだ。


ベアトリーチェの部屋を出ると、イザベラは大急ぎで馬車の所へ駈けつけた。

もうチェチーリアたちは馬車に乗って、イザベラが来るのを待っていた。

「お母様、行って参ります」

「気をつけてね」

イザベラは急いで馬車に乗り込んだ。

「皆さん、よろしくお願いします」

「はい、伯母様。行って参ります」

チェチーリアもイザベラも手を振った。

馬車は動き出した。

まだあたりは暗かった。馬車の窓から目を凝らして見ると、それでもたまに歩いている人の姿が見えた。こんな朝早くどこへ行く人だろう、と空想力は無限にかき立てられ、何とも言えない新鮮な気分になって、イザベラは飽きずに暗い街並みに見入った。

じきに馬車はポー川の岸辺に着いた。イザベラたちは馬車から降りて川船に乗った。先ほどまでの夜の様な暗さは消え、いつの間にかあたりは群青の光を感じる様になっていた。船はポー川を遡って行った。暗い川面のさざ波をイザベラは目を凝らして見つめていた。未明の川を渡る風は冷たかった。イザベラはマントのぬくもりに母への感謝の気持ちで胸がいっぱいになった。

「ねえ、マダレーナおねえ様は、もうすぐお嫁にいらっしゃるのでしょう」

チェチーリアの声に、イザベラは我に返った。

「そうなの。10月ですって」

マダレーナはフランチェスコの妹で、イザベラより2歳年上である。

イザベラとチェチーリアと侍女たちは、その後、とりとめもないお喋りを続けたが、イザベラは絶えず明け方の空に心を奪われていた。あっという間にあたりは灰色と青を帯びた白っぽい光で満たされ、岸辺の木々も堤防もはっきりと見える様になってきた。そして、見る見るうちに明るくなり、東の空を振り返ったイザベラは息を呑んだ。薄紅色の空に、明るい紫色の雲が光に縁どられて浮かんでいるのだ。やがて空は曙の光でいっぱいになった。鏡の様な水面は薄紅色を帯びたミルク色になり、船の周りにはなめらかな波が出来てはゆったりと遠ざかっていった。

マントヴァに着いた時は、お昼過ぎであった。

イザベラたちが岸に上がると、船のおじさんは言った。

「私は今日は夕方までこちらにいて、その後フェラーラに帰ります。明日は、毎年の様に午後2時にここへお迎えに参りますが、今日フェラーラにお帰りの方は夕方の5時までに船にお戻り下さい」

そう言うと、おじさんは派手な上着を着て、自分もどこかへ遊びに行ってしまった。

イザベラは行く当てが無いので、チェチーリアたちについて行くことにした。

イザベラはあまりマントヴァに馴染みが無かったが、チェチーリアは、エステ家とゴンザーガ家が古くからの親戚であるのをよいことにしょっちゅう遊びに来ているらしく、マントヴァの地理に詳しかった。イザベラは7歳の時、クリスマスにゴンザーガ家を訪れたきりであった。

イザベラには今、目にするマントヴァの全てが清新に、全てが尊いものに見えた。マントヴァの木も、水も、草も、空気も、そして大地も、イザベラはマントヴァの全てを愛惜せずにはいられない思いで胸がいっぱいになった。

秋の収穫を祝うお祭りだけあって、あちこちに果物や野菜や穀物の袋、葡萄酒の樽などが山積みされていた。そして、山羊の角の中に花や果物を溢れるほど盛った大小様々な「豊作の角」が随所に飾られていた。さらにあちこちには色とりどりの柱が立てられ、沢山の小さな旗が澄み切った秋の空にはためいていた。その旗の幾つかには、見覚えのある黄金のライオンと黒い鷲が描かれていた。

聖ジョルジョ祭と同じく、道の両側には無数のテントが建ち並び、鮮やかな色の衣装に身を包んだ人々でどこもごった返していた。賑やかな音楽が流れてくるのでそちらの方に行ってみると、広場では晴着を着た少年少女たちが豊作を祝って踊っていた。それが終わると、今度は晴着の子供たちが登場し、昔の農家の歌や糸紡ぎ歌を歌った。イザベラは糸紡ぎ歌の多様さに驚いた。この国では毛織物が重要な産業なのである。

紫や黄緑や様々な色の葡萄の山が随所に見られ、甘酸っぱい香りがあたり一面に漂っていた。フェラーラよりも内陸にあるマントヴァでは既に秋が深く、木々はもう紅葉していた。

イザベラは人混みの中でチェチーリアの姿を見失わない様、懸命について歩いた。そうしながらもイザベラは、あたりにフランチェスコがいないか、気になった。時折り、はっとして振り返ったが、いずれも人違いであった。

チェチーリアと一緒にイザベラは何軒のお店に入ったか、自分でも驚くほどだった。チェチーリアに誘われるままにスパゲッティ、ジェラート、ピッツァ、ジュース、氷水……母が見たらびっくりする様な羽目の外し様であった。

4時過ぎになったので、イザベラはチェチーリアに言った。

「もうそろそろ行かないと、お船が出てしまいますわ」

「あら、貴女、お帰りになるの？　私、これからマダレーナおねえ様に会いに行って、今晩はあちらで泊まるの。貴女もいらっしゃいよ」

「えっ、でも」

「いらっしゃいよ」

「でも、妹が病気なので」

「そう、残念ね。でも、お気が変わったら、すぐいらしてね。待ってるわ」

「有難うございます。皆様によろしく」

チェチーリアの後姿を見送りながら、イザベラは何とも言えない思いがした。

イザベラは歩き出したが、足取りは力なく、目は虚ろであった。

後には一人の若い侍女が付き従うだけであった。

「姫様、どうなさったのですか？」

侍女の声にイザベラは、はっと我に返った。

「船着き場は、向こうでございます」

気がつくとイザベラは、船着き場とは逆の方角に来ていた。

「いいえ、何でもないの。まだ少し時間がありますから」

侍女はいぶかしげであったが、何も言わなかった。イザベラは、物思いに沈む自分の表情が、侍女にそれ以上言えなくさせてしまっているのであろう、と思った。いつの間にかイザベラは湖のほとりに来ていた。

「あっ、この湖は」

イザベラは顔を挙げた。湖の向こうには、マントヴァのお城がそびえ立っていた。四隅の塔、石の壁、その向こうに見えるドームの屋根。イザベラが7歳の時に見た、そのままであった。

「あの中にいらっしゃるのだわ」

イザベラは、灯りのついている窓もついていない窓も一つ一つ見ていった。

イザベラは、ふらふらと聖ジョルジョ橋の所まで来た。この橋の向こうがマントヴァのお城の正面である。イザベラはじっと石の壁を見つめ続けた。夕暮れの風が冷たく吹き始めた。

やがてイザベラは静かにきびすを返すと、そのまま立ち去った。

第4章　騎馬試合

その年1489年の冬、イタリア全土はミラノのトーナメント（騎馬槍試合）の話題で持ち切りになった。5年に一度ミラノでは、中世さながらの騎馬槍試合が盛大に挙行されるのであった。この試合には諸侯や貴族ばかりでなく、イタリア全土の「我こそは」と腕に覚えのある者はことごとく参加し、この大会の優勝者に贈られる神聖な旗を手にすることは、イタリア全土の全ての若者の夢であった。

イタリア中が1か月も前から「誰が優勝するか」という話題で持ち切りになった。やがて人々の予想は、数人の若者に絞られていった。そして、その中にフランチェスコの名前も含まれていた。

イザベラは、もう居ても立ってもいられない気持ちで、誰かトーナメントの話題をしないかと、毎日そればかりを気にしていた。ご飯も喉につかえ、夜も全然眠れなかった。そして、誰か他の若者の名前が出ると、イザベラは悔しさと不安で胸がいっぱいになった。イザベラは絶えず心の中で神様にフランチェスコの勝利を祈り続けた。そのことを考えただけでも、ひとりでに涙が出てきた。

或る日、年取った侍女が思いつめた表情で言った。

「姫様、お怒りにならないで下さいませ。フランチェスコ・ゴンザーガ様の御身の上を思って申し上げるのでございますから」

イザベラは、声が出なかった。

「あのトーナメントは、恐ろしいものでございます。私はこの年まで何度も見て参りましたが、あの試合中に亡くなられたり、大怪我をなさった御方がどれほど居られたことでございましょう。それも、弱い御方より、寧ろ優勝候補に挙がる様な、当代随一と謳われる様な御方ほど犠牲になって居られます。姫様、どうかフランチェスコ様をお引き止め下さいませ。姫様が不幸になられるのではないかと思うと、私はもう心配で心配で」

侍女はそう言って泣き出した。イザベラは全身の震えが止まらなかった。

イザベラは母の所へ飛んで行った。

「お母様、大変です。フランチェスコ様をお止めしなくては」

「急にどうしたの」

イザベラは今侍女から聞いたばかりの話を伝えた。母は一点を見つめたまま黙っていた。

「でも、お母様、フランチェスコ様はお聞き下さいますでしょうか?」

母はなおも黙り続けた。

「お母様、私は心配です。でも、もしもお聞き届けいただけないのなら、却ってフランチェスコ様の御心を乱して……」

イザベラは泣き出した。

「貴女の言うとおりだわ。フランチェスコ様は、絶対におやめにならないでしょう。私たちは、ただ神様に祈りましょう」

母は静かに言った。イザベラは肩を震わせて泣き続けた。


トーナメントを2日後に控えた夜、母はイザベラに言った。

「私、ミラノに行ってこようと思うの。貴女は来ない方がいいわ。もしも貴女が見てるってお知りになったら、フランチェスコ様は平常心を失われるでしょう」

イザベラは、何も言えずに母の顔を見つめた。

翌朝早くイザベラは母を見送りに出た。空気は澄んで冷たく、あたりは霧が立ち込めていた。馬車に乗る前に母はイザベラの目を見て言った。

「気を強く持つのよ」

イザベラは涙ぐんでうなずいた。

「ほらほら」

母はハンカチを取り出すと、イザベラの涙を拭った。

「さあ、笑って。明るい所にだけ幸せがやって来るのよ」

イザベラは笑って見せたが、後から後から涙がにじんできた。

「イザベラ、どこまでも神様を信じなさい。神様は必ずお守り下さるわ」

馬亘はやがて霧の向こうに去って行った。

イザベラは自分の部屋に戻ると、目を閉じ、手を合わせてひたすら祈り続けた。涙がとめどなくこぼれた。胸が締めつけられる様に痛んだ。

イザベラは戸棚からリュートを取り出すと、静かに弾き始めた。そして、それに合わせて歌ったが、いつもと違って声がかすれ、続かなかった。イザベラはリュートをかき鳴らした。しかし、気がつくといつしか指は止まっていた。それでもイザベラはリュートを弾き続けた。いろいろな曲を弾いてみたが、古いフランスの歌が一番心が和む様で、そればかりを弾き続けた。

夜になっても部屋から一歩も出ず、リュートばかりを弾いていた。神様にお祈りしなければいけないと思ったが、今はそのことを考えるだけでも恐ろしかった。イザベラは窓からぼんやりと星空を見上げながら、母は今頃どのあたりを旅しているのであろう、と思った。

何度目かに目を覚ました時、夜は白々と明けかかっていた。イザベラはベッドから起き出して服に着替えると、ひざまずいて神様に祈りを捧げた。数時間後にトーナメントが始まるのだ。母はもうミラノに着いたことであろう。イザベラは目を閉じて一心に祈った。体中が微かに震え、涙は出なかった。

日が高く昇るにつれ、イザベラは胸が熱い鉛でいっぱいになる様な耐え難い苦しみを覚えた。イザベラは枕元の小机からリュートを取り上げるとかき鳴らした。不意にイザベラはリュートの上に突っ伏し、身も世もなく泣き出した。そして暫く泣くと、また身を起こしてリュートを激しくかき鳴らした。

今、どの様な運命がミラノで展開しているのか。イザベラは、その思いから逃れたい一心で、憑かれた様にリュートを弾き続けた。胸が灼ける様に熱かった。

何時間経ったことであろう。それでもイザベラはリュートをやめなかった。

「あっ」

突然、リュートの弦が一本切れた。イザベラは胸騒ぎがして、リュートを投げ出すとひざまずいて必死で祈った。

いつか日は西に傾き、部屋の中は茜色に染まった。もう、トーナメントは終了したことであろう。既にフランチェスコの運命は決まってしまったのだと思うと、イザベラは身を投げ出して泣き崩れた。

夜になってもイザベラはぼんやりとしていた。夕食を運んで来た侍女が見ると、イザベラはベッドに腰を掛けてリュートを構えてはいるが、物思いに沈んで、その姿は力が無く、とても声を掛けることは出来なかった。

明日はいよいよ母が帰ってくるのだと思うと、イザベラは新たな恐怖に胸が絞めつけられた。

とうとう夜が明けた。今日全てがわかるのだと思うと、イザベラは後から後から涙が湧いてきた。リュートを弾いてもすぐに涙がこぼれた。それでもイザベラは、リュートを放すことができなかった。

夕方が近づくにつれイザベラの恐怖は増していった。もうすぐ母が帰ってくる。イザベラは身を震わせる思いで待った。

6時　7時
イザベラは時計の針ばかりを見つめていた。

しかし、母はいつまでたっても帰ってこなかった。

イザベラは不安で胸が張り裂けそうになった。こんなに遅いのは、きっと何か悪いことが起こったに違いない。イザベラは顔を覆って泣き出した。何時間も泣き続けた後、イザベラは跪いて静かに祈った。

その時、扉が激しく叩かれ
「姫様、姫様、お妃様のお帰りでございます」

と、侍女の声がした。イザベラは無我夢中で飛んで行った。階段を駆け下り、正面玄関へ走って行くと、母とぶつかりそうになった。

「イザベラ、大変なことが起こったの」

イザベラの顔から一気に血の気が引き、草の葉の様な色になった。

「そうじゃないの。安心して。フランチェスコ様は見事優勝なさいました」

イザベラの目からどっと涙が溢れ出て、立っていることが出来なかった。

「大変なことが起こったのは、その後なのよ」

イザベラは、何事が起ったのか、とまた真っ青になった。

「あの神聖な優勝旗をミラノ公が差し出されると、フランチェスコ様は急にうつむかれたの。

目を閉じられて、そのお顔は蒼白でした。フランチェスコ様がいつまでもそうなさっているから、会場に集まった人々は皆、何事が起ったのかとざわめき出したわ。その時、フランチェスコ様は急に顔を挙げられ、よく透る大きなお声で『この旗を、フェラーラの公女イザベラ姫に捧げます』とおっしゃったのです。一瞬会場は水を打った様になり、次の瞬間、割れる様な拍手と歓声に包まれたの」

第5章　婚礼

数日後、マントヴァから正式な使者が優勝旗を携えて来た。

そして、エルコレ一世、エレオノーラ公妃と会見し、婚礼の日取りを1490年2月11日と決定した。

後僅かな月日しか残されていないので、フェラーラでは婚礼の支度に上を下への大騒ぎとなった。

ヴェネツィアから取り寄せた黄金は、長持の装飾に使われた。

見事な彫刻を施した銀の個人祭壇、つづれ織りの壁掛け、典雅な馬車、黄金を貼った壮麗な船などが、婚礼のために新調された。

結婚式に花嫁が帯びるベルトは、名人フラ・ロッコの手により金銀で造られた。

しかし、イザベラはその間、全く違うことに専念していた。

あれ以来、あの4人の従弟たちが姿を見せないのだ。それまでは毎日、図書館かお城の廊下か中庭かどこかで出会ったのに、4人とも全くイザベラの前に現れなくなった。

イザベラは、一人一人に小さな壁掛けを作ってあげようと思った。イザベラは、母に教えてもらいながら、クリーム色の布に一針一針刺繍していった。慣れないので何度も指を針で刺したが、それでも一心に花かごの絵を刺繍し続けた。薔薇の花、百合の花、ひな菊……イザベラは一針一針心を込めて刺繍した。

「姫様、もうお休みになりませんと、御身体に障りますよ」

侍女が言った。机の上の燭台の光が部屋中に柔らかく広がり、侍女を照らしていた。蝋燭の火のゆらめきとともに侍女の影も揺れた。

「有難う。でも、もう少しだけやりたいの。構わずに先に休んでちょうだい」

侍女は静かに出て行った。イザベラは燭台を引き寄せ、空が白むまで続けた。

やっと4枚刺繍出来たのは、婚礼の日の2日前であった。母に手伝ってもらって木の枠をはめ、ふさ飾りを付けると、小さな可愛らしい壁飾りになった。イザベラは、それを弟のアルフォンソに届けてもらった。


2月11日、結婚式はエステ家の礼拝堂で厳粛に行われた。

当時の王侯の結婚式は、花婿は本国で花嫁を待ち、決して出向いてこないしきたりであった。花婿から遣わされた要人が「代理の花婿」として花嫁の両親の前で結婚式を挙げ、そして、花嫁をいざなって花婿のもとに連れて帰るのであった。

結婚式の後、イザベラは、金の布で飾られた新しい馬車で宮殿へと向かった。馬車の右にはフランチェスコの義弟であるウルビーノ公爵が、馬車の左にはナポリの大使が騎馬で従った。

その夜、宮殿で行われた祝宴は、フェラーラ公爵家始まって以来の盛大なものであった。壁には百年もかけて創られたという家宝のつづれ織りが飾られ、人々の目を驚かせた。今宵の宴に用いられるおびただしい数の金の食器類は全てヴェネツィアの高名な細工師の手になるものであった。水晶の葡萄酒入れは、グリフィンやいるかの小さな像によって支えられ、そして、名人たちが腕によりをかけて創った見事なお菓子の寺院やピラミッドには、エステ家とゴンザーガ家の紋章を描いた250本の小さな旗が飾られていた。

イザベラは神妙な顔をして坐っていた。朝、礼拝堂で行われた式の光景を思い出すたびに、イザベラは涙ぐんだ。

その時、弟のアルフォンソが息せき切って駈け込んできた。アルフォンソは晴着に身を包みながら汗びっしょりになって母エレオノーラに小声で言った。

「駄目です、お母様。ジョヴァンニたちは病気だと言って、来ません」

エレオノーラは何も言わずに寂しそうな目をした。横から父が、

「それは気の毒に。しかし、4人が揃って病気になるとは」

と驚きの表情で言ったが、誰も何も言わなかった。

祝宴は朝まで続いた。

そして、いよいよイザベラがマントヴァに発つ時が来た。

船着き場には大勢の人が見送りに来た。

これからイザベラは、両親と弟妹に付き添われ船でマントヴァに向かうのである。

ポー川の岸には、無数の彫刻を施され黄金を貼られた大きな船が停泊していた。その周りに

は4隻のガリー船と50艘の小舟が付き従っていた。

侍女たちは、皆泣いた。特にイザベラが生まれた時からいた侍女たちは、イザベラの首にかじりついて泣いた。イザベラも、どうしてよいのかわからないほど泣けてきて、一人一人抱きしめていった。

それからイザベラは、先生方や親戚の人々に挨拶をした。特にガルリーノ先生は涙が止まらない様子であった。イザベラはガルリーノ先生にお礼を言いながら涙で目の前が見えなくなった。

見送りの人一人一人に挨拶し終えた時、父が
「行くぞ」

と促した。

イザベラは、もう一度あたりを見渡した。しかしジョヴァンニたちの姿は無かった。

父に言われてイザベラは船に乗った。

「イザベラ、早く乗りなさい」

イザベラは船の窓から岸辺を見続けた。

しかし、ジョヴァンニたちは現れなかった。

船は岸を離れた。

イザベラは、ジョヴァンニたちがいつか必ず分かってくれると信じて、故郷の山をいつまでも見つめ続けた。

「さあ、行きましょう」

フランチェスコは言った。

15歳の花嫁イザベラは涙を拭くと、

「はい」

と言った。花婿フランチェスコに迎えられたイザベラは、フェラーラから送ってきてくれた父母や弟妹に今、別れを告げたのである。

イザベラは馬に乗った。フランチェスコとウルビーノ公爵グイドバルドも馬に乗り、イザベラを真ん中に門の前に三人並んだ。

いよいよ今からマントヴァの国に入るのだ。

イザベラは手綱を握りしめ、真剣な面持ちで待った。

花婿フランチェスコも緊張し、身を固くしていた。

「それでは」

グイドバルドの声と同時に、3人は揃って馬を進めた。

その後に、フランス、ナポリ、ミラノ、ヴェネツィア、フィレンツェ、ジェノヴァ、ピサ、その他あらゆるイタリア中の国々の沢山の大使たちが騎馬で従った。どの馬も美しく飾り立てられていた。

突然、大地を揺るがす様な歓声が沸き起こった。沿道には、今まで見たことも無い沢山の人々が、なだれ溢れていた。一目イザベラの姿を見ようと、人々は恐ろしい勢いで道まで押し寄せた。地の底から湧き上がる様な熱狂的歓呼は町中に反響し、イザベラは気が遠くなった。花嫁衣装に身を包んだ15歳の侯妃のこの世ならぬ美しさに、マントヴァの人々は魂を奪われた。

プラデラ門の前には、白い式服を着た聖歌隊の子供たちが並び、賛美歌でイザベラを出迎えた。

アルベルティ設計のサンタンドレア教会の広場、聖ヤコポ橋、公園の門、そしてお城の跳ね橋の前では、歓迎の野外劇や音楽会の準備が今、大詰めを迎えていた。

そして、七つの惑星と九階層の天使たちの彫刻が飾られ、お城の広い階段の下では天使の羽根を付けた金髪の少年たちが、今日のために作曲された結婚祝歌を合唱して歓迎の意を表した。

イザベラはそこで、フランチェスコの妹エリザベッタに迎え入れられた。

「国家の間」では、すぐに盛大な祝宴が始まった。

しかし、フランチェスコの喜びは、それでは治まらなかった。彼は広場でも盛大な祝宴を催し、誰であれ広場に来た全ての人に御馳走し、もてなしたのである。

広場の噴水からは葡萄酒が湧き出ていた。

フランチェスコは、マントヴァの全ての国民と、この耐え難い喜びを分かち合いたかったのだ。

お祝いは、カーニバル最終日まで続いた。騎馬試合や舞踏会、松明の行列が目まぐるしく続き、広場では連日連夜新たな祝宴が盛大に催された。

そして、お城や教会や町や動物、その他あらゆるものをかたどった名人芸の素晴しいお菓子が、喜びに沸く町中の人々に配られた。

ゴンザーガ家のきょうだい

＊キアーラ：第一子、長女　フランスのモンパンシエ公爵夫人
＊フランチェスコ：第二子、長男　マントヴァ侯爵　イザベラの夫
＊シジスモンド：第三子、次男　後の枢機卿
＊エリザベッタ：第四子、次女　ウルビーノ公爵グイドバルド夫人
＊マダレーナ：第五子、三女　ジョヴァンニ・スフォルツァ夫人
＊ジョヴァンニ：第六子、三男　イザベラと同い年

第6章　マントヴァの雪

窓の外は、雪が静かに降っていた。そして、部屋の中は不思議な明るさに満ちていた。

イザベラは静かに窓辺に歩み寄ると外を見た。マントヴァのすべてが純白の雪に覆われていた。この青白い光……イザベラには、雪の降る音が聞こえる様な気がした。

その時、扉が開いてフランチェスコが入って来た。

「何を見ているのですか？」

イザベラは微笑みながら
「雪を見ていたんです。マントヴァの山野に降り積もる雪を。そして、考えたんです」

イザベラは口をつぐんだ。

「一体、何を考えたんですか？」

「お笑いにならないで下さいね。私、考えたんです。『彼女が一歩足を踏み入れた時からマントヴァの運命が変わった』そう言われる人になりたいな、って」

思い切ってそう言うと、イザベラはうつむいた。

「素晴らしいことです。私は貴女が、この国に新しい光をもたらす人だと信じています」

イザベラは、思わず涙ぐんだ。そして、フランチェスコの目を見つめて言った。

「殿、私は考えました。マントヴァは小さな国です。この国が超一流になれるとしたら、それは芸術や文化です。私はマントヴァを、ヨーロッパの芸術や文化の中心にしたいと思います」

フランチェスコは大きく目を見開き、身を乗り出して真剣な面持ちで聞いていた。


イザベラの部屋は塔の二階で、窓からは湖と聖ジョルジョ橋がよく見えた。

15歳のイザベラはこの部屋を「ストゥディオーロ」と呼ぶことにした（註：これは歴史的瞬間である）。

イザベラは、まず手始めにストゥディオーロから取りかかろうと考えた。ここに優れた芸術品を集めるのだ。

「やっぱりこれはロベルティ先生にお願いするのがいいみたい」

イザベラは立ち上がった。ストゥディオーロの壁画を誰に頼もうか、と独りで悩んでいたが、結局、イザベラと一緒にフェラーラから来た画家の一人エルコレ・ロベルティが最適任の様に思われた。フェラーラから来た画家は皆、じきに帰ってしまったが、エルコレ・ロベルティだけはマントヴァにとどまっていたのである。イザベラは、頼みとするロベルティがいてくれるので心強かった。

「ロベルティ先生にお願いして、今日からでも取りかかっていただきましょう」

イザベラは、希望で胸が高鳴った。

しかし、ロベルティの部屋まで来ると、何か様子がおかしいと感じた。小間使いの少年や少女たちが部屋を片付けているのだ。

「あの……ロベルティ先生は、どちらにいらっしゃるのでしょう？」

イザベラが声を掛けると、床を掃いていた少女が顔を挙げた。

「あっ、お妃様、ロベルティ先生は先ほどフェラーラにお帰りになりました」

「えっ」

「実は、御結婚式の御支度とポー川での船酔いのためロベルティ先生は随分お身体が弱って居られました。そして、もうどうにも我慢できないほど御気分が悪いとおっしゃって、先ほど取るものも取りあえずフェラーラにお帰りになりました。具合が悪くて御挨拶も出来ずに帰らせていただき、お妃様によろしくお伝えして欲しい、とおっしゃっていました」

イザベラは、全身の力が萎えしぼむほど落胆した。

とうとうみんな帰ってしまったのだ。

ストゥディオーロに戻るとイザベラは、湖を見ながら物思いに沈んだ。

「私も帰りたいな」

初めてそんな気がした。

その時、侍女が入って来た。

「お妃様、フェラーラからのお手紙でございます」

「有難う」

イザベラは飛びついた。それは、ガルリーノ先生からの手紙であった。イザベラは封を開ける時間ももどかしかった。

「姫様が私の横でヴィルギリウスをお読みになり、澄んだお声で繰り返し田園詩を暗唱なさった、あの幸せな日々を思うたびに老師は涙を禁じ得ません」

イザベラは、手紙の上に泣き伏した。

イザベラはすすり泣きながら、ガルリーノ先生に手紙を書いた。

「先生の御教えを忘れないために、どうか、フェラーラに残してきたラテン語の教科書をお送り下さい」と。

イザベラは、使者の帰りを待ち焦がれた。ストゥディオーロの窓辺に座り、東の空を見つめ続けた。この空の向こうにフェラーラがあるのだ。

2日後、使者は帰ってきた。懐かしい古い教科書を目にした途端、一気に涙が溢れ出てイザベラは本を抱きしめて泣きじゃくった。

他に何通か、侍女や執事の手紙が添えられていた。

「姫様の御部屋を日々私はさまよい歩き、かつてここに姫様がお住まいだった、あの天使の様な御顔で私に微笑みかけて下さった、ここであのお優しい考え深い御言葉をおっしゃったのだ、と、ただそれをしのぶばかりです」

「お城の中は、姫様が行ってしまわれてからは火が消えた様です。道化師が何を言っても誰一人笑う者も居りません」

「お妃様は姫様をマントヴァまで送ってお帰りになりましたその足で、真っ先に姫様の御部屋へいらっしゃいました。そして、よろい戸を下して真っ暗な御部屋を御覧になり、さめざめと涙を流されました」

イザベラは、泣き疲れて頭がぼうっとした。

イザベラは便箋を取り出すと、腫れぼったい眼で机に向かい、何時間も返事を書き続けた。

そして、一人一人に高価な布地を選んで贈り物とした。

「そうだわ、フリテッラはどうしているかしら」

フェラーラの船着き場で子供の様に泣きじゃくって別れを惜しんでくれた道化師のフリテッラの顔を思い出すと、イザベラはまた涙が出た。イザベラはフリテッラにも心を込めて手紙を書き、黄色のサテンを贈り物として添えた。

数日後、イザベラは驚きの声を挙げた。

「フリテッラの、フリテッラの手紙だわ！」

イザベラの贈り物に対する沢山のお礼状の中にフリテッラの手紙があったのだ。イザベラは震える手で封を開けた。インクのしみのある、間違った綴りもあるフリテッラの手紙……一生懸命書いたフリテッラの真心が溢れる様に感じられ、イザベラは胸がいっぱいになった。

イザベラは、もう泣くのはやめようと心に誓った。

そして、これからはフェラーラの母に毎週手紙を書くことにした。

手紙といえば、難題な手紙を一つ書かねばならないのだ。

フランチェスコの叔父ルドヴィコ・ゴンザーガは、フランチェスコの弟シジスモンドと争って枢機卿の地位を獲得して以来、弟思いのフランチェスコと不仲になっていたのだが、それがどういう風の吹き回しか、結婚のお祝いに高価な宝石をイザベラに贈ってくれたのである。イザベラは、何とかこの機会にフランチェスコとルドヴィコ・ゴンザーガを仲直りさせたいと思った。

ところが、あまり気負い過ぎて、まだお礼状が書けていないのだ。イザベラは、フリテッラがどんなに思い切って手紙を書いてくれたかと思うと、涙がこみ上げ、勇気が湧いた。上手く書こうとするよりも誠心誠意書けばいいのだ、と自分に言い聞かせ、イザベラは脇目も振らずに書き始めた。

夕食に呼ばれてもまだ書き続けていると、フランチェスコがやって来た。フランチェスコは、最近イザベラが元気が無いのを気にして、態度もどこか兄の様な感じになっていた。

「どうしたの？　具合でも悪いの？」

そう言ってフランチェスコは背後から手紙を覗き込んだ。

「あっ、駄目です。出来上がったら読んでいただきますから」

イザベラは机の上にうつ伏して手紙を隠した。

「いいじゃないか。まあ、いいや。ご飯食べないの？」

「もうすぐ出来ますから、先にお召し上がり下さい」

フランチェスコは出て行った。

しかし、手紙はなかなか出来上がらなかった。読み直すと、どこかおかしいのである。イザベラはまた手を加え、そのたびに何度も読み直し、出来上がった時は真夜中になっていた。

翌朝、イザベラは食堂でフランチェスコが来るのを待っていた。

「おはようございます。ゆうべはごめんなさい。あの……これ」

イザベラは便箋をフランチェスコに差し出した。フランチェスコは食い入る様に読み始めた。イザベラは立ったまま目を大きく見開いてフランチェスコの横顔を見つめていた。フランチェスコが何と言うか、イザベラは身を固くして待っていた。

フランチェスコは、読み終わっても暫く黙っていた。その目はどこか一点を見つめる様であった。

やがてフランチェスコは顔を挙げると、一言、

「有難う」

と言った。イザベラは、この人にこんな優しい顔があったのかと驚いた。

少し自信が出てきたので、イザベラはフランチェスコのもう一人の叔父ジャンフランチェスコにも手紙を書いた。彼とフランチェスコの間も今一つ上手くいっていなかったのである。

数日後、二人の叔父たちから非常に好意的な返事が来て、イザベラは涙が出るほど感激した。そして、大変だけどこれからもずっと文通を続け、一族の中に決して不和を起こすまいと決意した。

イザベラはフランチェスコのきょうだいたちともすぐに親友になった。

ゴンザーガ家のきょうだいは上から順に、長女キアーラ、長男フランチェスコ、次男シジスモンド、次女エリザベッタ、三女マダレーナ、三男ジョヴァンニの6人である。長女キアーラはフランスのモンパンシェ公爵夫人でイザベラより10歳年上である。モンパンシエ公爵はフランス王の従弟で、このことは後にマントヴァの運命に大きな影響を及ぼすことになる。聖職者のシジスモンドは5歳上、そして3歳上のエリザベッタは、あのウルビーノ公爵グイドバルドの夫人であった。2歳上のマダレーナは昨年（1489年）10月ジョヴァンニ・スフォルツァに嫁いだばかりであり、末弟のジョヴァンニはイザベラと同い年であった。

エリザベッタは体が弱く、ちょうど今、療養のためお里帰りしているのだ。フランチェスコは昨年23歳の若さでヴェネツィアの総司令官を委託されて居り、しょっちゅうヴェネツィアに行かねばならなかったので、イザベラはエリザベッタにせがんで、6月までマントヴァにいてもらった。

エリザベッタが帰ってしまうと、イザベラは毎日が切なかった。

独りぼっち……この広いお城に自分は独りぼっちだとイザベラは感じた。ストゥディオーロの窓からぼんやり湖を眺めていると、不意に窓の下から賑やかな声が聞こえた。見ると、イザベラと同い年くらいの小間使いの少女たちが手に手に箒を持ってやって来たのである。少女たちは庭を掃きながらお喋りを続けた。

「今日は早く帰らないとお母さんに叱られるの」

「へえ、お母さん、怖いの？」

「うん、怖いといえば怖いかな」

「うちのお母さんは、とっても口やかましいの」

聞いているうちにイザベラの目から涙がこぼれた。

イザベラは窓を閉めると部屋の中ほどの長椅子に座った。この椅子にエリザベッタと並んで座って様々なお話をしたことを思い出すと、また涙が出たが、イザベラはそれを振り払い、ストゥディオーロの計画を考えることにした。このことを考える時だけは、まるで人が変わった様に全身に力が湧いてくるので、イザベラは自分でも不思議だった。

フランチェスコはイザベラの計画に大賛成で、イザベラはそんなフランチェスコのためにも立派なストゥディオーロにしたいと思った。

その時、イザベラははっとした。部屋の前で誰かが低い声で話をしているのだ。何とも言えない不安がこみ上げ、イザベラは思わず耳を澄ました。一人はフェラーラから来た女官ベアトリーチェ・ディ・コントラリだった。もう一人は誰だかよくわからなかった。

「お願いです。もう少しだけお待ち下さい」

ベアトリーチェ・ディ・コントラリが言った。

「そうおっしゃっても、この様な重大なことをお知らせしないわけには」

「今、姫様、いえお妃様は大変沈んで居られます。その上、この様なことをお聞かせしては」

イザベラはたまらなくなって扉を開けた。二人はびくっとして振り返った。もう一人はマントヴァの執事だった。

「どうしたのですか?」

イザベラは感情を抑えて聞いた。執事は言った。

「畏れながら申し上げます。去る8月8日、マダレーナ・ゴンザーガ様がお亡くなりになりました。享年18であらせられました」

イザベラは体中に戦慄が走り、足がわななないて膝をつきかけたが、ベアトリーチェ・ディ・コントラリが素早く肩を貸して部屋の中へ抱えて入った。イザベラは体中が小刻みに震え、悪寒が走った。

あの美しい、あの優しいマダレーナおねえ様が、と思うとイザベラは信じられなかった。もうあの人はこの世のどこにもいないのかと思うと、イザベラは髪をかきむしって泣いた。18歳というはかない花の命を思い、イザベラは涙が涸れるまで泣いた。しかし、次の日になるとまた涙は後から後から湧いてきた。

イザベラはとうとう熱を出した。熱は何日も続いた。そして、やっと解熱した時、イザベラは一つの悟りに達した。

自分にはどうすることも出来ない。ただ精一杯ゴンザーガ家を立派にすることが、それだけが自分に出来ることだ、と。自分が今マダレーナおねえ様にして差し上げられることはそれだけだとイザベラは思った。

イザベラは起き出すと、エリザベッタに手紙を書いた。イザベラは、エリザベッタがこのまま悲しみのあまり亡くなってしまうのではないかと心配でならなかった。イザベラはエリザベッタに心を込めて手紙をしたためた。

この世を生き抜くには決意が必要だ、と。

第7章　ルドヴィコとの出会い

或る日、ストゥディオーロの窓から、聖ジョルジョ橋を二人の少年が馬を駆ってやって来るのが見えた。よく見ると、弟のアルフォンソとフェランテだった。驚きと懐かしさでイザベラは階下に駈け下りた。ちょうど二人はお城の正面玄関で馬から降りたところであった。

「アルフォンソ！　フェランテ！」

イザベラは我を忘れて駈け出した。二人は気がついて駈け寄ってきた。

「お姉様、お久しゅうございます」

イザベラは目頭を押さえた。

「ちょっと見ないうちに随分大きくなったわね。みんな元気？」

アルフォンソとフェランテは顔を見合わせた。

「実は、お母様が御病気なんです」

「えっ」

「お母様はお姉様が行ってしまわれてから毎日泣き暮らしていらっしゃいました。そして、とうとう御病気に」

「お姉様、どうか一度フェラーラにお帰り下さい」

イザベラは胸がいっぱいになって今すぐ飛んで行きたかったが、はやる気持ちを抑え、そのことをフランチェスコに話しに行った。フランチェスコは驚いて、すぐにフェラーラに行くよう勧めてくれた。

イザベラは弟たちと船に乗り、ポー川を下って行った。

「お母様、今行きます」

イザベラは心の中で繰り返し母に呼びかけた。

船は夕方フェラーラに着いた。船着き場には馬車が迎えに来ていた。


「お母様……」

お城の正面玄関に駆け込んだイザベラは思わず立ち尽くした。母はガウンを羽織って、長持を運ぶ侍女たちに指示を与えているのだ。

「イザベラ……」

「お母様、御病気じゃなかったのですか？」

「だいぶ良くなったのでね、ベアトリーチェとルドヴィコ様の結婚式が間近だから、とても寝ている気がしなくて」

イザベラはうつむいた。張りつめていた心が、空気が抜ける様にしぼんでいった。

次の日からイザベラまで駆り出されてミラノの大使の相手をしたり忙しく立ち働くこととなった。アルフォンソとフェランテは不満そうに口をとがらせ、イザベラの手前ばつが悪そうだった。

イザベラは或る夜フランチェスコに手紙を書いた。

「親愛なる殿、今日までお便り致しませんでしたのは、決して殿のことを忘れていたからではございません。ミラノの大使がいらっしゃって、時間が無かったのです。今やっと私はお手紙を書くことが出来る様になりました。

殿、私は気がつきました。殿から遠く離れて私は何の喜びも味わうことが出来ないということに。殿は私にとって、自分自身よりも大切な御方です」

数日後、フランチェスコから返事が届いた。

「貴女は、私から離れては幸せになれないとおっしゃいましたが、全く道理なことです。それは私たちがお互いに抱いている深い愛に気づかれたからだと信じています。

もう御両親も満足されたことでしょうから、今度は私たち二人の幸せのために一日も早く帰ってきて下さい。貴女の帰りを首を長くして待っています」


マントヴァに帰ると、ベアトリーチェの婚約者であるミラノの摂政ルドヴィコ・スフォルツァから手紙が届いていた。それは、翌1491年1月に行なわれる結婚式への丁重な招待状だった。何となくベアトリーチェをとられる様な気がしてイザベラは今までルドヴィコのことを好きになれなかったが、この手紙を見ると悪い人ではなさそうだと思った。

イザベラは階段を駈け下りるとフランチェスコの部屋に走って行った。

「殿、ほら」

イザベラは元気よくフランチェスコの顔の前に手紙を突き出した。

「ルドヴィコ様が殿と私を結婚式に御招待下さってるんです」

フランチェスコは嘆息をついた。

「殿、どうなさったのですか？」

フランチェスコは重々しく口を開いた。

「悪いけれど、僕は行けない」

「えっ」

「本当は君にもやめて欲しいのだが」

「そんな……何故ですか、殿」

フランチェスコは顔を挙げた。

「ねえ、そこに座って。よく聞いて欲しいんだ」

向かいの椅子にイザベラを座らせると、フランチェスコはイザベラの目を見て言った。

「実は、ヴェネツィアの総督が、この度のエステ家とスフォルツァ家の婚礼を疑惑の目で見ているんだ。これによってミラノとフェラーラが連合し、ヴェネツィアを窮地に追い込むつもりではなかろうか、と考えてね。いや、当初は総督もそこまで考えていなかったのに、ヴェネツィアの貴族たちが騒ぎ出したんだ。僕は、知っての通りヴェネツィアの総司令官を委託されているが、ヴェネツィアの貴族の中にも沢山希望者がいたのに総督が僕を抜擢したと言って、彼らは何かにつけて文句を言うんだ」
イザベラは、すっかりしょげてしまった。その様子にフランチェスコは慌てて
「じゃ、まあ、君は行ってもいいや」
と言った。

１４９1年が明けるとすぐにイザベラは、ベアトリーチェの結婚式参列のためポー川を遡ってミラノに旅立った。今年の冬は特に寒く、川風は身に突き刺さる様であった。川はにび色で、三角の白い波頭が無数に立っていた。

船は雪のミラノに着いた。美しい教会も、宮殿も、全て真っ白に雪が積もり、イザベラはまるでおとぎ話の世界の様だと思った。

イザベラは、花嫁衣装に身を包んだベアトリーチェの神々しい美しさに強く心を打たれた。そのまつ毛の動きとともに、あたりの空気が震える様に感じられた。

ルドヴィコは、初めて会うイザベラに非常に礼を尽くしてくれた。イザベラが芸術に関心があることを知ると、すぐにルドヴィコは宮殿中を隈なく案内してくれた。絵画や彫刻やつづれ織り、宝石細工、名高い楽器、刀剣の名品、そして貴重な古文書の数々……イザベラはあまりの素晴らしさに目を見張った。


或る日、イザベラは、弟のアルフォンソと婚約者アンナ・スフォルツァの結婚式が今回の滞

在中にミラノで行われることを初めて母から聞かされた。

「どう、びっくりした？」

「ひどいわ、お母様」

「アルフォンソがね、貴女をびっくりさせたいからどうしても黙っていて欲しいって言ったの」

母はそう言っていたずらっぽく笑った。アンナ・スフォルツァはミラノ公爵ジャン・ガレアッツォの妹で、ルドヴィコの姪である。

1491年1月13日、アルフォンソとアンナの結婚式はスフォルツァ家の礼拝堂で行われた。アンナは優しくおとなしい少女で、イザベラはすっかり気に入ってしまった。アンナもイザベラのことを尊敬していた。

1491年2月1日、エステ家の一行は、アンナを伴ってフェラーラへの帰途に就いた。イザベラもこれに同行した。

フェラーラに着くとすぐにアルフォンソの結婚のお祝いが盛大に始まった。

マントヴァからフランチェスコも駆けつけた。

その夜の舞踏会で、花嫁はフランチェスコと、花婿はイザベラと踊ることになった。アルフォンソと手を取って踊りながらイザベラは、弟のすました顔に必死で笑いをかみ殺していたが、どうしても我慢できず、とうとううつむいて笑い出した。

「いやだなあ、お姉様」

アルフォンソは、うらめしそうにふくれて見せた。

それを見るとイザベラは踊っていても笑いがこみ上げ、笑い過ぎて涙が出てきた。14歳の花婿は、とうとうべそをかいてしまった。最後はイザベラとアンナが、集まった人々のやんやの喝采の中で田舎の踊りを披露して、お開きとなった。

マントヴァに帰ってくるとイザベラは、手紙の山に仰天した。

「これ、全部ルドヴィコ様のだわ」

読み始めてイザベラはさらに呆気にとられた。なんとルドヴィコは、ベアトリーチェとイザベラを喜ばせたい一心で、せっせと毎週楽し気に、ベアトリーチェの近況報告を書いていたのだ。

II

マントヴァ侯妃

第8章　初めての政務

１４９１年の夏、フランチェスコは何度もヴェネツィアへ行かねばならず、イザベラは政治の一切を任されることとなった。

17歳になったばかりのイザベラは絶えず神様に祈りながら、全身全霊で政務に当たった。

イザベラは、今日どんなことがあったか、それに対して自分はどう考えどう行動したか、その結果はどうであったか、人々は何と言ったか、毎日詳しくフランチェスコに書いて送った。分からないことはどこまでも調べ、フェラーラやミラノに関わる問題では、父やルドヴィコにも相談した。

その誠実で揺ぎの無い仕事ぶりに、年取った顧問官たちは皆驚嘆し、圧倒された。


その年の夏、隣接するミランドラの領主ガレオットが造った堤防のためセキア川の水がマントヴァに来なくなり、マントヴァの多くの農家が危機に瀕した。ガレオットは、イザベラの父エルコレ一世の妹ビアンカ・デステの夫である。

そもそも水争いは老練な領主でさえ最も頭を痛める難題であった。水争いが原因で大きな戦に発展した例など枚挙にいとまが無い。

ゴンザーガ家は数年前に全ての大人が亡くなり、今年25歳のフランチェスコを筆頭に、20歳のジギスムント、17歳のジョヴァンニとイザベラしかいない。

まして今はフランチェスコが不在の折り。全ての政務は17歳の侯妃の肩にかかっていた。老獪なガレオットは、この機を狙ったのである。

それでもイザベラは一歩も引かず、度重なる要請をミランドラに送った。

しかし、ガレオットは全く応じなかった。

イザベラは遂に、この問題をルドヴィコの裁断に委ねることを思い立った。

イザベラは即座にその提案を手紙に書き、ミランドラへ使者を送った。


「お妃様、ただ今使者が戻りました」

イザベラは、はやる心を抑えて政務室へ走った。

「お妃様……」

イザベラの顔を見るなり使者は肩を落とした。

「どうだったのです」

イザベラは、我を忘れて言った。

「それが……」

使者は拳を震わせた。

「ガレオットは、お妃様の御手紙を読むなり『これは面白い。ルドヴィコはゴンザーガより我がミランドラに対して遥かに好意的であることを、よもやお忘れではあるまいな』と言って笑ったのです」

使者の顔は怒りで蒼白だった。

イザベラは唇をかみしめた。

「わかりました。今すぐミラノに手を打ちましょう」

イザベラはすぐさま羽根ペンを走らせた。

イザベラはルドヴィコに今までの経緯を全て書いた。この問題をルドヴィコの裁断に委ねようというイザベラの提案に対してガレオットが吐いた暴言も。

「しかし」

と、イザベラは書いた。

「スフォルツァ家とゴンザーガ家は、婚姻および血縁ばかりでなく、深い友情によっても固く結ばれて参りました。

そして、閣下が我が殿にも私にも深い愛情と慈父の様な思いやりを抱いていて下さいますことは周知の事実でございます。ガレオット様は御自分の方が閣下に愛されて居られますなどとお考えになるには及びません」

イザベラは父エルコレ一世にも至急手紙を送った。父はすぐペレグリーノ・プリシアニという敏腕な法律家をマントヴァへ派遣した。イザベラは書類の山を前に自らペレグリーノに一つ一つ説明した。ペレグリーノはその間中、身じろぎもせずに聞き入っていた。

9月13日イザベラは満ち足りた心で父に手紙を書いた。

「ペレグリーノ先生は、昨日お発ちになりました。セキア川の堤防のことはよくご説明致しておきましたので、ガレオット様が反論なさることは不可能でございましょう。ただ、今までの様に事実を歪曲なさいましたら別ですが。それから、お父様、一つ嬉しいことがございました。この度の調査では建築の知識を必要とされましたので、私は建築学を勉強致しました。これからはお父様の建築のお話もよくわかるのではないかと思いますと、楽しみです」


やっと平穏な日々が戻ってきた。

この夏はセキア川の堤防のことに取り紛れていたが、イザベラはずっと前からこの9月をどれほど心待ちにしていたことであろう。あのマンテーニャが帰ってくるのだ。彼は三代にわたってゴンザーガ家に仕えてきた画家で、マントヴァの宮殿の壁に沢山の優れたフレスコ画を描いた。マンテーニャとゴンザーガ家の人々の間には代々深い信頼と友情が育まれてきたのである。

彼は2年前、法皇インノセント八世の熱烈な要請によりローマに派遣されたが、マントヴァを恋しがってフランチェスコに、

「自分はゴンザーガの家の子で、マントヴァに生きマントヴァに死にたい」

と書き送った。

イザベラは船着き場まで迎えに行った。船から降りてきたマンテーニャを一目見るなりイザ

ベラは、気難しげで、こぶしの様な人物だと思った。

イザベラに気づくとマンテーニャは一瞬鋭い研ぎ澄まされた目つきをしたが、やがてだんだんと穏やかな表情になっていった。

マンテーニャはその日の夕方から仕事にかかった。イザベラは、マンテーニャのすぐ後ろに座って、黙々と壁に絵筆を走らせる姿に見入っていた。

「ローマにいる間は、この絵が心配でな」

不意にマンテーニャが声を出した。

「夢にまで見て、窓から雨が入らん様に侯爵様に手紙を書いて頼んだくらいだ」

イザベラは大きく目を見開いてマンテーニャの横顔を見上げた。

「マントヴァに帰れて、夢の様だ」

マンテーニャは壁から絵筆を離すと、全体を見渡した。

そして、イザベラの顔を見下ろし、初めて笑みを浮かべた。


イザベラはフランチェスコが不在で多忙だったが、それでも毎日時間を見つけてはマンテーニャの仕事を見に行った。イザベラは、マンテーニャのすぐ後ろに座って、何時間でも黙って見ていた。マンテーニャは時折り、独り言の様にぽつりぽつりと喋った。

イザベラは殆ど黙って、目でマンテーニャと話をした。

「お妃様、大変です」

或る日、マンテーニャの仕事場に執事が飛び込んできた。そして、やにわに歩み寄ると小声で耳打ちした。

「えっ」

イザベラは立ちあがり、

「先生、失礼致します」

と早口で言うと、小走りに執事について政務室へ向かった。

「お妃様、これなんです」

執事は手紙を差し出した。読み進むにつれイザベラの顔から血の気が引いた。

フランチェスコのヴェネツィアの領地の一つが借金のため商人パガーニョに差し押さえられたというのだ。イザベラの知らないうちの出来事だった。

イザベラは政務室の戸棚や引き出しを片端から調べて、それに関する文書を探し出すと、すぐにヴェネツィアの総督に手紙を書いた。

イザベラは、今すぐ2000ドゥカーティを支払うから、残りは分割払いで、総督に保証人になっていただきたいと要請した。

数日後、総督から返事が来た。それによると、パガーニョを呼んでその話をしたところ、なかなか応じようとしなかったが、それでも諦めずに、

「自分が保証人になるから」

と強く要請して、やっとのことで承諾を取り付けたというのだ。

イザベラは総督のためにも絶対に期日に遅れまいと心に誓った。それは17歳のイザベラにとって非常に骨の折れる仕事だったが、それでもイザベラは遂行した。

やがてイザベラは歓喜に満ちてフランチェスコに手紙を書いた。

「パガーニョ様も私たちのことを信頼して下さっているみたいです。

私は、ひとたび口にした約束を違えるくらいなら死んだ方がましだといつも思って居ります。

信用は命より大事だ、と」

第9章　プリマドンナ・デルモンド

フランチェスコが帰ってきて、イザベラはやっと元の生活に戻ることが出来た。イザベラはストゥディオーロの壁画をマントヴァの画家ルカ・リオンベニに依頼した。ところが、名人気質のこの画家は、気が向かない限りいつまでたっても仕事をしないのである。イザベラは、もう少し真面目にやって欲しいと思ったが、芸術家というのは普通の人間には測り知れない魂の持主なのであろうと考え、じっと我慢した。

しかし、いつまで待っても少しも進む様子が見られないので、イザベラは悩んだ末に、はっきりとリオンベニに自分の意見を言った方がよいのではないかと思うに至った。それ以来イザベラは、或る時は婉曲に、或る時は単刀直入に、リオンベニに自分の考えを話した。それでも、少し言い過ぎたかな、と思うとイザベラは慌てて謝った。

「ごめんなさい、今のは冗談です」

マンテーニャは広間で、あの「大勝利」という壁画の続きを今日も黙々と描いていた。来年（1492年）の暮れまでには完成するということだ。

マンテーニャもリオンベニも事後承諾ということはせず、何か疑問が生ずるとすぐイザベラに相談してくれるので、イザベラはそれに応じられるよう、必死で美術の勉強をした。透視法についても学んだ。

1492年が明け、イザベラは焦った。去年の夏からラテン語の勉強が中断したままなのだ。政治や経済や画家との交渉に明け暮れて、最近は殆ど一字も読んでいない有様だった。あれほど精魂傾けて学んできたのに、こんなことで一気に錆びついてしまうのかと思うと、イザベラは涙が出るほど情けなかった。イザベラはたまらなくなって、最初にラテン語を習ったグアリノ先生に悩みを書いて送った。

グアリノ先生の返事には、どんなにつらくてもラテン語の勉強をやめてはいけない、近い将来きっと当代随一のラテン語の名手と言われる日が来るであろう、と書かれていた。

イザベラは、熱い涙がこみ上げた。イザベラは、決意も新たにマントヴァの学者シジスモンド・ゴルフォに師事した。

イザベラは最近新しい喜びを発見した。詩作である。今までは詩人の作品に感心ばかりしていたが、フェラーラの若き宮廷詩人テバルデオから詩を捧げられて以来、急にイザベラは詩作に燃え出したのだ。

イザベラは困ってしまった。誰かに詩を見て欲しいのだが、とても気恥ずかしくいてフランチェスコにも父母にも弟妹にも見せることが出来ないのだ。考えあぐねた末にイザベラは、やっぱりこれはテバルデオに見てもらおうと思った。アントニオ・テバルデオは、若手ながらもフェラーラの宮廷で既にかなりの名声を獲得していた。

イザベラは、我が目を疑った。返事の中でテバルデオは、落葉し木々を謳ったイザベラの詩を絶賛していた。純粋な、どこか子供の様な素直さが心を打つ、と。イザベラは、その手紙を誰にも見せなかったのに、その噂はあっという間に広まった。そして、新しい詩を書きかけていることがいつの間にか知れ渡り、北イタリアの宮廷はどこもその話題で持ち切りになった。

「お妃様、どうして見せて下さらないのですか？」

「少しくらいよろしいではありませんか」

イザベラは毎日侍女たちに追い掛け回された。

「ごめんなさいね。これは私の恥にはなっても誉になる様な作品ではないのです。だから、許して」

イザベラは、そう言って逃げ回った。


イザベラは燃えていた。フェラーラの僧フラ・マリアーノの評判がイタリア全土で急上昇していると聞くと、イザベラはすぐフラ・マリアーノに手紙を書き、今度の四旬節にマントヴァで説法をしていただきたいと要請した。彼は快諾し、2月半ばにマントヴァに来ると、灰の水曜日から説法を始めた。イザベラは涙を浮かべて聞き入った。フラ・マリアーノの滞在中にイザベラは、今まで疑問に思っていたことを全て質問した。彼は温厚に誠実に一つ一つ答えてくれた。

フラ・マリアーノが帰って行った数日後、母から手紙が届いた。それには、彼がイザベラの知性と信仰心にどれほど心を打たれたか語ってくれたと書かれていた。

「フラ・マリアーノ様があんまりお褒め下さるものだから、愚かな母はもう少しで、本当に貴女がそんなに立派になったのかと信じてしまうところでしたよ。

でもね、イザベラ、私は今日までこの世に生きて、これほど嬉しかったことは無かった」

イザベラは頬を染めて読んだ。


これを機にイザベラは、カルメル修道会会長フラ・ピエトロ・ダ・ノベラーラ、マントヴァのカルメル会修道士バチスタ・スパニョリ、ドミニコ修道会会長フラテ・フランチェスコ・シルヴェストリ等と文通を始めた。


或る時ミラノの宮廷で、当代の婦人についての様々な議論が行われた。良きにつけ悪しきにつけ、諸侯の奥方、姫、貴族の婦人、その他イタリア全土のありとあらゆる女性の名が出た。

その時、ニッコロ・ダ・コレッジオが立ち上がった。

彼はフェラーラ戦争での華々しい武勇で知られ、詩人としても非凡な才能を謳われた人物である。彼は風貌にも恵まれ、その高潔さ、そして優雅な振舞いは、彼に当代随一の騎士の名を欲しいままにさせていた。

場内は水を打った様になった。

人々の視線は一斉に彼に注がれた。

彼は言い放った。

「マントヴァ侯妃イザベラ・デステ様こそ、プリマドンナ・デル・モンド（世界第一の女性）です」

この話はたちまちイタリア全土に広まった。

そしてアルプスを越え、フランス、ドイツ、オーストリア、スペイン、ハンガリー、遂にはイギリスまで及んだ。

後日そのことを聞かされたイザベラは心臓が止まるほど驚いた。そして、顔を挙げることが出来なかった。

第10章　すれ違い

或る日フランチェスコは、今年（1492年）の夏ミラノへ行ってもいい、と言ってくれた。イザベラは夢かと思った。

ベアトリーチェに会える。ベアトリーチェに会える。

イザベラは毎朝自分の喜びの声で目を覚ました。

8月10日イザベラはミラノへの旅に出た。

しかし、船が途中まで来た時、イザベラはあまり喜び過ぎて帽子を忘れてきたことに気がついた。

「お妃様、今すぐ取りに戻ります」

「でも、そんなの悪いわ。もう、いいです」

「いいえ、あれが無かったらお困りになりますよ。第一、マントヴァのお妃様がミラノへいらっしゃるのにお帽子が無くては」

執事はちゃんと心得ていて、イザベラの一番弱い言葉を言ってきた。「マントヴァのため」と言われるとイザベラが何も言えなくなることを知っているのである。イザベラにもそれが分かっていて、黒い長持の鍵を執事に渡した。

「それでは、御言葉に甘えて」

執事は相好を崩すと、馬でマントヴァに向かった。

執事がなかなか帰ってこないので気を揉んでいると、やっとミラノに着く直前に息せき切って駈け込んできた。汗びっしょりの彼の姿に、イザベラは頭が下がった。


船はミラノに着いた。船着き場にはルドヴィコとベアトリーチェが迎えに来ていた。

「お姉様」

ベアトリーチェが駈け出した。イザベラも我を忘れて駈け寄り、ベアトリーチェを抱きしめた。イザベラは涙が溢れてどうすることも出来なかった。

ベアトリーチェも泣いていた。

夏のミラノは太陽の光でいっぱいだった。

ルドヴィコとベアトリーチェがイザベラのために準備してくれた様々な催し、特に一連の劇は、隅々にまで二人の優しい心遣いが感じられ、イザベラは目頭を熱くした。

ミラノの人々の熱狂的な歓呼に、イザベラは感激で胸がいっぱいになった。

イザベラは、この一部始終をフランチェスコに書き送った。

「でも、私は残念でなりません。ここに殿がいらっしゃいましたら、この何倍も素敵だったに違いありませんから」

イザベラは政治のことを書き送るのも忘れなかった。今回のミラノ滞在中に、ルドヴィコの弟である枢機卿アスカニオ・スフォルツァの強力な後押しによってアレッサンドロ・ボルジアがローマ法皇に選ばれたのである。ルドヴィコは、これを大変喜んだ。

フランチェスコからの手紙には、疲れているだろうが、招待を受けているので帰途ジェノヴァを訪ねて欲しいと書かれていた。


ベアトリーチェたちと名残を惜しみながらミラノを発ったイザベラは、10月1日ジェノヴァを訪問した。

ジェノヴァの総督アドルノと沢山の貴族たちが飾り立てられた馬に乗ってイザベラを出迎えた。その壮観に、イザベラは目を見張った。

その時、大変なことが起こったのである。

「私たちは夕方6時にジェノヴァの市内に入りました。あたりは鉄砲やラッパの音で騒然としていました。私は、クリストフォロ・スピノラ様の邸宅に案内されました。そこには、アドルノ総督の奥様やお姉様、そして沢山の貴族の御婦人方が私を待っていて下さいました。

その時です。私が騾馬《らば》から降りないうちに、一群のただならぬ気配の人々がなだれ込んできて私を取り囲み、やにわに騾馬のくつわを捉えたのです。アドルノ様が飛んで来て止めに入って下さいましたが、ものかわで、たちまち私の手から手綱を奪うと馬具をずたずたに引き裂いてしまいました。

私はとっさに判断し、抵抗しませんでした。これは最高の歓迎を表すこの地域の風習だったのです。

私はこんな恐ろしい思いをしたことはございません。何か起こらないかとはらはら致しましたが、幸い取り乱さずに済みました。

やっと解放されました時は、可哀想に騾馬が犠牲になって居りました。この騾馬はルドヴィコ様がお貸し下さったのです。ルドヴィコ様に馬具と騾馬の償いを致さねばなりません」

そのことをイザベラは手紙にしたため、フランチェスコに送った。


イザベラは行く先々で熱烈に歓迎された。

そして、1か月にわたる滞在を終え、イザベラはいよいよジェノヴァを発とうとした。

その時、ミラノから急使が駈けつけベアトリーチェの急病を告げたので、イザベラは取るものも取りあえず慌ててミラノへ飛んで行った。

イザベラは、ベアトリーチェが回復したのを見届けてから、やっとマントヴァへの帰途に就いた。


マントヴァに帰り着くと、お城の前には沢山の侍女や執事たちが待っていてくれた。しかし、フランチェスコの姿は無かった。

「あまり長い間留守にしていたので、怒っていらっしゃるのだわ」

イザベラはフランチェスコの部屋の前まで来ると、恐る恐る扉を開けた。

フランチェスコはこちらを向いて坐っていた。そして、イザベラの顔を見ると、すっかり青白く痩せてしまった顔に子供の様な笑みを浮かべた。

イザベラは、思わず涙がこみ上げた。


帰りの船の中で気分が悪いと言っていた女官のベアトリーチェ・ディ・コントラリの容態が急変したのは、それから数時間後であった。

彼女は眠り続け、高熱で、息は荒かった。イザベラは枕元に坐ってじっと見つめ続けた。苦しげなうわ言を聞くと、イザベラは心臓に針が刺さった様に痛んだ。

そんなに何日も寝ずに看病していたら身体を壊すと皆から言われたが、それでもイザベラはやめることが出来なかった。


或る夜、イザベラは看病疲れから、うとうととベッドのへりにもたれかかって眠ってしまった。

イザベラは、はっと気がついた。カーテンの隙間から、夜明けの青白い光が差し込んでいた。

「息が止まっている」

イザベラは蒼白になった。イザベラはとっさに耳をベアトリーチェ・ディ・コントラリの鼻に押し当てた。すると、静かな寝息が聞こえるではないか。額に手を当てると、いつの間にか熱は下がっていた。イザベラの目からとめどなく涙が流れた。病人の顔は、明け方の光の中で青白く安らかに見えた。イザベラは涙が止まらなかった。

その時、微かにまつ毛が動いたかと思うと、ベアトリーチェ・ディ・コントラリはうっすらと細く目を開けた。そして枕元のイザベラを見た。イザベラはたまらなくなって彼女の首にかじりつくと声を挙げて泣き出した。


ベアトリーチェ・ディ・コントラリは、めきめきと良くなっていった。イザベラは彼女がお粥を食べる様子を嬉しそうに見ていた。

その時、フランチェスコが入って来た。

「イザベラ、お母さんが御病気なんだ。すぐ帰ってあげなさい」

「えっ」

「そんな、心配する様な病気ではないらしいが、とにかく早く行ってあげなさい」

フランチェスコは青白い顔で言った。イザベラは、またフランチェスコが元気が無くなるのではないかと思うと、たまらなかった。

イザベラは、後ろ髪を引かれる思いで船に乗った。


母は夏から体調を崩し、体が弱って寝ていたが、それほど心配な様子ではなかった。

イザベラは母に、ミラノへ行った時のことを詳しく語って聞かせた。母は寝たまま何度も嬉しそうにうなずきながら聞き入っていた。イザベラは、その顔を見ていると涙がにじんできた。

母が眠ったので、イザベラは、窓際の小机でベアトリーチェ・ディ・コントラリに手紙を書いた。そして、毎日健康状態を報せて欲しいと頼んだ。

「貴女がどんな有様か、いつもいつも聞き続けていたいの」

数日後、彼女から返事が来た。

「殿様は昨日お見舞いに来て下さいました。そして2時間も様々なお話をなさいましたが、終始ため息をおつきになってお妃様の御不在を嘆いて居られました。そして最後に『妃が戻ってくるまでは、そなたを奥さんだと思っておくことにしよう』とおっしゃいましたので、私はすかさず申しました。『おあいにく様。お妃様はお若くてお美しくあらせられますが、私ときたら見ての通りのお婆ちゃんで、醜女で、ひね鳥でございますわ！』」

イザベラは笑い転げた。


イザベラはもう一通のゴルフォ先生からの手紙の封を開けた。なんと、それは長いラテン語の手紙だった。

「これ、宿題のおつもりかしら」

イザベラは意気込んで読み始めた。それは、マントヴァの宮廷の近況報告だったが、読み進むにつれ、何かあまり上品な話ではなさそうなことに気づき始めたので、イザベラは読むのをやめ、便箋を取り出して羽根ペンを走らせた。

「先生、申し訳ございませんが、私は不勉強がたたりましてラテン語を随分忘れてしまいました。せっかく先生がお書き下さいましたお手紙も、とても読むことが出来ません。畏れ入りますが、もしも重要なお話でございましたら、もう一度イタリア語でお書きいただけませんでしょうか？」

ゴルフォ先生からの返事には、次の様に書かれていた。

「全くあの手紙はイタリア語に訳す価値はございません。平に御容赦下さいませ」

やがて母は順調に回復し、一度ミラノへ行ってみたいと言ったので、イザベラはマントヴァとミラノの国境まで母を送り、そこで別れた。

第11章　試練

１４９３年が明け、今年もまたイザベラは焦った。

「去年は随分不在にしてしまったわ」と。

18歳のイザベラは失った時間を取り戻そうと、勉学と仕事の両面に精を出した。

イザベラは沢山の画家や彫刻家、音楽家、文人たちに、マントヴァへ来てくれるよう手紙を書いた。

イザベラは、自分自身魅入られているのかと思うほど芸術や文学を愛していたが、それとともにもう一つ大きな夢があった。

マントヴァをヨーロッパの文化の中心にすることだ。

イザベラが初めてこのことを決意した時、フランチェスコは激励してくれた。イザベラは、あの雪の日のことが忘れられなかった。あの時、大きく目を見開いてイザベラの言葉に聞き入ったフランチェスコの瞳を思い出すと、イザベラは新たな決意で胸がいっぱいになった。

マントヴァの宮殿のあちこちで、様々な芸術家が仕事をしていた。

彼らは何かあるとすぐにイザベラを呼んで仕事上の相談を持ち掛けた。イザベラは食事中も何度も呼ばれて立たねばならなかったし、何時間も話が長引いて、一つ終わればまた次という具合に一日中縛り付けられ通しだったが、こういう中にこそ生きがいを感じた。

また、イザベラはデメトリウス・モシュスを雇って、プルターク英雄伝などの大がかりな翻訳を依頼した。

さらにイザベラは、ユダヤ人の学識者に依頼して聖書の詩編を原典から翻訳してもらい、現在流布している訳に誤りが無いかを調べた。


3月、エリザベッタがやって来た。イザベラは、どんなにこの日を待ち焦がれたことであろう。去年も一年中エリザベッタに手紙を書き続け呼び続けた。

今年2月のカーニヴァルはエリザベッタが来ると信じて様々な準備をしていたのに、全て無駄になってしまった。エリザベッタの病気のせいである。

それが今、本当にエリザベッタが目の前に立っているのを見ると、イザベラは泣いていいのか笑っていいのか分からないまま、涙が溢れた。

「3年ぶりね。すっかりお妃様らしくなって」

イザベラは頬を染めた。

「エリザねえ様、あれからいろんなことがあったんです」

イザベラはこの3年間のことを話しながら感無量になった。エリザベッタは奥深い微笑みをたたえて静かにうなずきながら聞いていた。

イザベラはエリザベッタを案内して宮殿中の新しい壁画や、芸術家たちの仕事場を見せて回った。エリザベッタが感心するたびにイザベラは子供の様にはしゃいだ。

数日後、イザベラは大変な話を聞かされた。新大陸の発見である。

3月15日、コロンブスというジェノヴァ出身の船乗りが新大陸を発見して帰ってきたというのだ。

イザベラは一瞬大地が揺れる様な気がした。

世の中が変わる。

世の中がどんどん変わっていく。

イザベラはそんな気がした。自分は大変な時代に生まれてきたという思いでいっぱいになった。

ベアトリーチェに男の子が誕生したという知らせがミラノから届いたのは、それから数日後である。イザベラはベアトリーチェに手紙を書いた。

「私は今すぐ坊やを抱きしめ、キスを浴びせかけたくてたまりません」

4月になってヴェネツィアからフランチェスコが帰ってきた。そしてイザベラに、招待を受けたのですぐヴェネツィアに行って欲しい、と言った。

大国ヴェネツィアとの関係はマントヴァの存亡に関わる問題であり、18歳のイザベラは責任の重さを思うと押しつぶされそうな気がした。

5月の初め、イザベラは船でヴェネツィアに旅立った。

イザベラは、マントヴァのエリザベッタに手紙を書いた。

「エリザねえ様から離れて、独り川面を見つめて居りますと、心が闇に暮れ、自分は今どこにいるのか、何を望んでいるのかもわからなくなります。

私を哀れに思ってか、風も波も船に逆らい、マントヴァへと押し戻します」

同じ日、エリザベッタも手紙を書いていた。天候は悪化し、自分は部屋を一歩も出ず、イザベラのいない部屋で半ば死んだ様な毎日を送っている、と。

5月13日、イザベラはフランチェスコの弟シジスモンドに付き添われてヴェネツィアに上陸した。

イザベラは、先ず行政長官の邸宅に案内され、非常に手厚くもてなされた。

晩餐の後、ヴェネツィアの貴族ピサノ、コンタリーニ、カペッロが総督からの歓迎の言葉を伝えた。この3人は、イザベラの結婚式に参列した人々である。

イザベラは、彼らに付き添われてフランチェスコのヴェネツィアの宮殿に行ってみた。

フランチェスコがヴェネツィアの総司令官としてここで日々生活しているのかと思うとイザベラは胸がいっぱいになった。

翌朝早くイザベラはマラモッコの砦の間を通過して港に入った。

そこには、総督とナポリ、ミラノ、フェラーラの大使たちが待っていた。

「ここで私は上陸し、総督閣下と大使の方々にお会いしました。そして総督閣下の御手に接吻し、お互いに丁重な御挨拶を交わしました。その後、閣下は私を御自身の御船に御案内下さいましたが、そこには沢山の紳士淑女が私を待っていて下さいました。その93人の方々は美しく装われ、見事な宝石を付けていらっしゃいました。

私は閣下の横に座り、様々なお話を致しましたが、その間も船は歓迎の鐘やトランペットや銃声の鳴り響きます中を大運河を遡って行きました。

ああ、殿、私がここでどれほどの熱狂的な歓迎と温かい心尽くしを受けて居りますか、筆舌には尽くし難うございます。ヴェネツィアの石までが喜びに震えて私を歓迎してくれているかに見えます。これは全て殿に対するこの国の人々の心の表れに他なりません。

明日は総督閣下と正式に会見致します。私は全身全霊で、殿の御心をお伝え致します様、力の限りを尽くします。

殿が何度もいらっしゃいましたこの町の美しさを、私はとても表現することはできません。ただ、殿にとっても私にとってもヴェネツィアは今までに見た最も美しい町です」

イザベラは手紙にしたためて、フランチェスコに送った。


翌日、イザベラは40人の貴族に付き添われて議事堂へ行った。出迎えた総督はイザベラの手を取ると中央の席に案内した。

全員が席に着くとイザベラは立ち上がり、一礼した。

そして、澄んだ声で総督への言葉を述べ始めた。

「この様にして相まみえ、閣下への私の誠意と敬愛の念を述べさせていただけますことは誠に喜びに堪えません。侯爵は日々、閣下との友愛の中に生き、そして死ぬことをのみ願って居ります。侯爵も、我が国も、そして私も、貴国との親交以外に安んずる道はございません」

議事堂は水を打った様になり、人々は皆イザベラの言葉に聞き入った。天井の窓から差し込む光が壇上のイザベラの姿を暗い堂内に浮き上がらせた。

イザベラの顔は蒼白く、黒い眼は大きく見開かれ、18歳の幼い響きを帯びて澄み渡るその声に人々は我を忘れて聞き入った。

イザベラの言葉が終わっても、人々は動かなかった。

イザベラは壇上に立ち尽くした。

その時、不意に拍手が起こった。拍手はどんどん大きくなり、堂内に反響して窓を震わせた。総督が壇上に駈け上がり、イザベラの手を握りしめた。総督の顔は紅潮し、目はうるんでいた。イザベラは気が遠くなりそうだった。

イザベラは総督に案内されて様々な儀式に列席したり、教会や宮殿や法廷などを訪れた後、5月20日過ぎにマントヴァに帰った。

「おめでとう。大成功だったんですってね」

エリザベッタが駈け出して来た。その後ろからフランチェスコが満面に笑みを浮かべて出てきた。イザベラは思わず微笑んだ。

その時、

「お妃様、大変です」

不意に執事が走ってきてイザベラの袖を掴むや、ぐいぐい引っ張っていった。

「これは……」

イザベラは呆然とした。

「新しい顔料を実験的に使ったのですが、今来てみると、こんな色に……」

リオンベニは頭をかきむしった。イザベラはそれから長時間かけてリオンベニと対策を講じた。

やっとイザベラが戻ってくると、フランチェスコの姿は無かった。イザベラはがっかりしたが、それでも夢中になってエリザベッタに旅の模様を語って聞かせた。

エリザベッタは、その一つ一つに目を輝かせ、まるで自分のことの様に喜んでくれた。それがイザベラには何よりも嬉しかった。


翌朝、イザベラは朝食の最中にエリザベッタに言った。

「ねえ、エリザねえ様、後で『国家の間』へ来ていただけます？　あそこの壁画の構図について相談に乗っていただきたいんですけれど」

その時、フランチェスコが言った。

「僕が相談に乗ってやるよ」

「まあ、有難うございます。でも、こういうことはエリザねえ様が一番ですから」

イザベラの言葉が終わらないうちにフランチェスコは立ち上がると、何とも言えない顔をして走って出て行った。

イザベラは、ちょっと悪かったかしら、と思った。

宮殿の壁画は、イザベラが少しいない間に見違える様な変貌を遂げていた。イザベラは、時々エリザベッタにも相談に乗ってもらいながら、以前にも増して芸術家たちの仕事場へ足を運んだ。

また、芸術家たちが相談のためにイザベラを呼ぶ回数も増えた。

イザベラは、この3週間の空白を埋めようと必死だった。食事中に呼ばれて帰ってくると、フランチェスコの姿は無く、エリザベッタだけが待っていてくれることもしばしばだった。

フランチェスコもこの頃忙しいのか、よく宮殿を空ける様になった。

イザベラはちょっとさびしかったが、エリザベッタがいてくれるのだからわがままを言ってフランチェスコを困らせてはいけないと思った。


「早くエリザねえ様に見ていただかなくちゃ」

イザベラは小走りに階段を駆け上がった。フレスコが乾く前にエリザベッタに見て欲しいのだ。イザベラはエリザベッタの部屋の前まで来た。

すると、中で言い争っている声が聞こえた。

（まさか、あのもの静かなエリザねえ様が……）

イザベラは、胸騒ぎがして耳を澄ませた。それはエリザベッタとフランチェスコだった。

「お兄様、テオドラの所へ行くのはやめて」

「うるさい。お前の知ったことではない」

「お兄様は間違ってます」

イザベラは、雷鳴に打たれた様な気がした。

やがて、イザベラはふらふらと部屋の前を離れた。


ストゥディオーロの窓からイザベラは湖を見つめていた。涙が後から後からこぼれ落ちて、頬を伝って流れた。


それっきり、フランチェスコは帰ってこなかった。

イザベラは、とうとう病気になってしまった。決して深く眠れず、イザベラはまどろんだり目を覚ましたりを繰り返していた。

イザベラは泣きながらうとうとと寝ついてしまった。何時間経ったことであろう。イザベラは熱くて目が覚めた。ふと見ると枕元にフランチェスコが座っていた。部屋の中にはほかに誰の姿も無く、灯も無く、夕方らしかった。

イザベラは涙が出てきて顔をそむけた。

フランチェスコは一歩も部屋を離れなかった。そして全く無言で、時々気がつくとこちらを見ていた。イザベラはフランチェスコと目を合わせない様にした。


次の日からエリザベッタまでイザベラの部屋に入り込んだ。

そして、あのもの静かなエリザねえ様が、とイザベラが驚くほど、頻りに冗談を言った。イザベラは、とうとうつられて笑ってしまった。その途端、フランチェスコは満面に笑みを浮かべ、それから急に喋る様になった。イザベラは、怖い顔をしていようと頑張ったが続かなかった。次の日も、その次の日も、フランチェスコは部屋を離れなかった。イザベラは、エリザベッタがいてくれるので助かった。二人っきりになったら、また沈黙してしまうことが分かっていたから。

エリザベッタはなおも冗談を言い続け、フランチェスコは子供の様にふざけたりはしゃいだりした。イザベラは、そっと目頭を押さえた。


「大変です、お妃様」

突然、執事が飛び込んできた。

「壁画に大きなひびが入ったのです」

「えっ」

「とにかく早くいらして下さい」

イザベラはガウンを羽織った。

「イザベラ、行くな」

フランチェスコが荒々しく手を掴んだ。

「行くんじゃない。まだ病気じゃないか」

「もう大丈夫です。ちょっとですから」

イザベラはフランチェスコの手を振り放すと、まだふらふらする身体に鞭打って廊下を伝い歩きながらリオンベニの仕事場へ行った。

「お妃様、申し訳ございません。御病気のところを」

「いえ、大丈夫です。それより……」

「これなんです」

イザベラはため息をついた。大きなひびである。

イザベラはじっと見つめ続けた。

「先生は、どうお考えになりますか？」

イザベラは苦しいのを忘れて必死で対策を講じた。

やっと目途がついたので、イザベラはまた廊下を伝い歩きながらそろそろと寝室へ帰って行こうとした。

食堂の前まで来た時、イザベラははっとした。

エリザベッタが、独り立ち尽くしているのだ。エリザベッタは食堂の横の裏玄関の扉を呆然と見つめ、体中が小刻みに震えていた。

イザベラに気づくと、エリザベッタはうつむいて走り去った。

寝室の扉を開けると、やはりフランチェスコの姿は無かった。

イザベラは力無くベッドに横になった。涙が目からこぼれ落ちて、枕の上に玉を成した。


「イザベラ、具合はどう?」

翌日、母がフェラーラからやって来た。イザベラは母の前では精一杯明るく振舞った。エリザベッタもまじえて三人で夜まで談笑した。

「ねえ、そろそろおば様にもお休みいただかないと」

エリザベッタが言った。

「どちらのお部屋がいいかしら?」

「そうねえ」

その時、母がイザベラに言った。

「私は今日はここで、貴女と寝たいの、昔の様にね」

やがてエリザベッタはお休みの挨拶をして出て行った。

部屋の中は母とイザベラの二人だけになった。母は楽しげだった。

イザベラは、思わず目を伏せた。

「イザベラ、どうかしたの？」

不意に母の声が降ってきた。

「イザベラ、貴女は今、泣きそうな顔をしていたわ。何かあるのなら言ってちょうだい」

母はベッドのへりに腰かけてイザベラの顔を見つめた。

「お母様、もうおしまいなんです」

イザベラは、わっと母の胸に泣きついた。イザベラは、堰を切った様に泣き出した。

母は非常に驚いた様子だったが、それでも取り乱さずに静かに言った。

「何があったのか、全部聞かせてちょうだい」

イザベラは泣きながら今までのことを全て話した。

母は暫く黙っていたが、やがて静かに口を開いた。

「ねえ、イザベラ、これは落ち着いて聞いて欲しいの。今、貴女は運命の分かれ道に立っているのよ。イザベラ、貴女は今日までよくやったわ。マントヴァに来てまだ3年にしかならないのに、貴女がどれほどこの国の文化に貢献したか、それはフェラーラにもよく聞こえているわ。いいえ、フェラーラだけじゃなくて、イタリア中の国々が目を見張っているの。私は今日まで、そんな貴女の評判を聞くたびに嬉しさと誇らしさで胸がいっぱいになった。——でもね、イザベラ、貴女はそのためにフランチェスコ様に寂しい思いをさせなかったかしら？」

イザベラは身動きもせず一点を凝視していた。

「フランチェスコ様はね、子供の様に全身で寂しさを表していらっしゃるの。フランチェスコ様はね、芸術に貴女を盗られると思っていらっしゃるの。病気の間、貴女がどこへも行かなくなったら、どんなにお喜びになったか考えてみて。それを、あんなにお止めになったのを振り切って、貴女は仕事場へ行ってしまった。フランチェスコ様は、もうどうにもならない瀬戸際に立たされたお気持ちなのよ。イザベラ、貴女はどこまでもフランチェスコ様を信じなさい。あの方は、命がけで戦って勝ち獲られた神聖な優勝旗を貴女に捧げて下さった御方ですよ」

うなだれて聞いていたイザベラの目から涙がぽろぽろとこぼれ落ちた。

翌日、母は帰って行った。

夕方、イザベラは服に着替えると階下に降りて行った。

食堂の扉を開けると、エリザベッタが独りテーブルに着いていた。

「まあ、今、侍女たちがお部屋へお食事を運ぼうとしていましたのに」

「私も今日からこちらでいただくことにしましたの」

「嬉しいわ。ずっと独りぼっちでお食事していたんですもの」

イザベラは顔を挙げた。

「ごめんなさい。私、殿のお帰りを待とうと思うんです」

エリザベッタは、イザベラの目を見た。イザベラには、その目が限りなく奥深い色に見えた。

「それでは、悪いけれど先にいただくわね」

イザベラは、ほっとした。エリザベッタが気を遣って、自分もフランチェスコの帰りを待つと言い出したらどうしよう、と内心案じていたのだ。

やがて食事を終えるとエリザベッタは立ち上がった。

「今年は例年になく気温が低いの。夜は底冷えがするから、気をつけてね」

エリザベッタは立ち去り際にそう言った。イザベラは、その言葉のぬくもりに胸がいっぱいになった。


イザベラは、何時間も待ち続けた。

「お妃様、どうなさいますか？」

「皆さんは、構わずに休んでちょうだい。今日は裏玄関の灯りは消さないでね」

侍女たちは皆、行ってしまった。

イザベラは独り食堂の椅子に座って待ち続けた。

窓の外ではざわざわと木の枝が風に揺れる音がした。

夜が更けるにつれ、食堂はしんしんと冷えていった。

夜半になってもフランチェスコは帰ってこなかった。それでもイザベラは待ち続けた。食堂は底冷えがして体は凍てつく様だった。

東の空が白んできた頃、不意に食堂の扉が開いた。振り返ると、エリザベッタが立っていた。

「まだ、待っていたの？」

エリザベッタは駈け寄った。

「冷たい手……」

エリザベッタは、イザベラの氷の様な手を自分の両手の間に挟んでさすった。イザベラは、後から後から涙がにじんで止まらなかった。


朝になっても、お昼になっても、フランチェスコは帰ってこなかった。

夕方、食堂でイザベラはエリザベッタに言った。

「どうか先にお召し上がり下さい。私は殿のお帰りを待たなくてはなりません」

「今日も待つの？　この底冷えのする食堂で」

イザベラはうつむいた。

「心配なの。貴女のお体が心配なの。ゆうべだって私、一睡もできなかったわ」

イザベラは静かに言った。

「有難うございます。本当に有難うございます。でも、私が救われる道は、これしか無いのです」


イザベラは待ち続けた。燭台の蝋燭の火が時折りゆらめいた。

イザベラは、はっとした。足音が聞こえるのだ。遠くからこちらに近づいてくる足音が。

それは、重い、乱れた足取りであった。イザベラは、身を固くして聞いていた。足音はやがて近くで止まった。食堂の横の裏玄関のあたりであることがわかった。イザベラは、とっさに飛び出して行こうとしたが、体が動かなかった。

やがて足音は、また、もと来た道を引き返して行った。その遠ざかっていく足音を、イザベラは身じろぎもせずに聞いていた。


次の夜、イザベラは耳を澄まして待ち続けた。しかし、聞こえるものは風に揺れる枝の音と、時折り飛び立つふくろうの羽音だけだった。

夜はしんしんと更けていった。

イザベラは、はっとした。聞こえる。あの同じ足音が。時計を見ると、昨日と同じ時刻だった。

足音は、重くこちらに近づいて来た。イザベラは、息をひそめた。足音は裏玄関の前で止まった。イザベラは、体が金縛りになって動けなかった。

どれほど経ったであろう。不意に裏玄関の扉の開く音がした。イザベラは、我を忘れて飛び出して行った。

「殿、お帰りなさいませ」

フランチェスコは顔を挙げなかった。イザベラは、構わずに話しかけた。

「お待ちしていましたの。お食事の支度が出来ていますわ」

フランチェスコはうつむいたまま突っ立っていた。イザベラは、軽くフランチェスコの背中を押して食堂の中へ入れた。

イザベラが椅子を勧めると、フランチェスコは黙って座った。

イザベラは、フランチェスコのお給仕をしながら二人だけで食事をした。

朝になると、フランチェスコはまた出かけた。


それでも、フランチェスコは毎夜帰ってくる様になった。あの同じ時刻に。

そしてイザベラは、その足取りがだんだん速くなり、裏玄関の前に立ってから扉を開けるまでの時間が短くなってきたことに気がついた。

イザベラは毎日、真夜中に二人だけで食事をした。

初めのうちは笑みを絶やさない様にしながら出来るだけ静かに振舞っていたが、だんだんと楽しい話題を持ち出す様にしていった。

毎日ほとんど寝られないのでふらふらになったが、それでもイザベラはやめなかった。

フランチェスコはだんだん、イザベラが面白い話をすると笑みがこみ上げてくるのを隠さない様になってきた。しかし、決して自分からは話しかけてくれないし、イザベラが何を言ってもぽつりぽつりと二言三言しか受け答えしなかった。イザベラは、時折り情けなくなり途方に暮れたが、決して諦めてはいけないと思った。

ただ、こう毎日寝られなくては今に倒れるのではないかと、それが恐ろしかった。

或る夜、イザベラは瞼がじりじりと下がってくるのを必死でこらえていたが、とうとうテーブルの上にうつ伏して眠ってしまった。

はっと目が覚めると、鎧戸の隙間から曙の光が差し込んでいた。イザベラは青くなった。フランチェスコはどこにいるのだろう。イザベラは、慌てて立ち上がろうとした。その時、イザベラは肩に何かが掛けられていることに気づいた。見ると、それはフランチェスコの上着だった。イザベラは体中が微かに震え、いつまでも立つことが出来なかった。

お昼頃、ストゥディオーロにエリザベッタがやって来た。

「まあ、エリザねえ様」

「あの……明日の湖水祭りのことなんですけれど」

湖水祭りは、マントヴァのお城を三方から囲む三つの大きな湖、スペリオーレ湖、メッツォ湖、インフェリオーレ湖に祈りを捧げ、恩恵に感謝するお祭りで、マントヴァの中でもこの地域だけに伝わる小さなお祭りだった。

エリザベッタは目を伏せて言った。

「実は私、明日は行けなくなりましたの」

「えっ、エリザねえ様と二人で行くのをとても楽しみにして居りましたのに」

「本当にごめんなさい」

「エリザねえ様、何とかならないのですか?」

「それがどうしても駄目なの。だから、ねっ、お兄様と一緒にいらしてちょうだい」

エリザベッタはイザベラの目を見た。


イザベラはその夜、フランチェスコに言った。

「殿、エリザねえ様がお勧め下さいましたの。明日の湖水祭りに殿と二人で行く様に、って。殿、いいですか?」

フランチェスコは、

「ああ」

とだけ言った。


早朝、もうお祭りは始まっていたが、まだ宮殿の中は寝静まっていた。

イザベラは食堂の横の長椅子に座ってフランチェスコが来るのを待っていた。もうすっかり用意が出来て、後はフランチェスコが部屋から出てきたらすぐに出発である。

「どうなさったのかしら。まだお洋服が決まらないのかしら」

フランチェスコはなかなか現れなかった。

やっぱり行く気がしなくなったのかも知れないと思うと、イザベラは心が暗然とした。

「まあ、殿」

イザベラは立ち上がって目を丸くした。やっと出てきたフランチェスコは、色とりどりの派手なフランス風の服に身を包んでいるのだ。イザベラは笑いがこみ上げてくるのをこらえながら

「とっても素敵！」

と言った。フランチェスコはうつむいたまま背を向けた。

その時、裏玄関の扉が激しく叩かれた。イザベラは慌てて開けに行った。

「あっ、お妃様」

フェラーラに派遣した執事だった。

「実はアニキノ先生が明日から暫くヴェネツィアへお発ちになりますので、是非今日中に詳細な取り決めを行いたいとおっしゃっています。つきましては、急ぎお妃様にお越しいただきたく、お迎えに上がりました」

イザベラは、ため息をついた。

「本当に申し訳ないんですけれど、今日はどうしても無理なんです。もう少しアニキノ先生にお待ちいただけませんか？」

「それが、どうしても今日でなければ、とおっしゃるんです」

イザベラは、フランチェスコの背中を見た。

そして、執事の方に向き直るときっぱりと言った。

「それでは、そのお話、破棄して下さい。折角お骨折りいただいて、誠に申し訳なく思いま

す。でも、皆さんにはお分かりにならないかも知れませんが、今日は私たちにとって本当に大事な日なんです。何物にも代え難いほどに」

しかし、執事は言った。

「もうここまで御話が決まって、アニキノ先生も予定を組んで居られますのに、この期に及んでお断りしてはマントヴァの信用に関わります」

イザベラは歩み寄ると、フランチェスコの背中に向かって言った。

「本当にごめんなさい。でも、信用は命より大事です。お祭りは明け方までやっていますから、それまでに必ず戻ります。私が戻るまで待っていて下さいね。それから二人で参りましょう」

イザベラは気が気ではなかったが、執事と一緒に出て行った。

イザベラは、大急ぎで船に乗った。

「風よ、もっと吹いて」

イザベラは船の上でも落ち着かなかった。

お昼過ぎにフェラーラに着くと、船着き場には馬車が迎えに来ていた。イザベラは船の上で考えておいた手順で手早くアニキノに説明しようとした。しかし、名人気質の彼は、暫くずっと黙り込んだり、気が済むまで一つのことを繰り返し追及したりするので、日頃はこの様な彼の姿勢を賛美してやまなかったイザベラも、今日は時計の針が気になってじっとしていられない気持ちだった。

日が暮れる。日が暮れる。

イザベラは、窓の外に何度も目をやった。

やっと話が終わった時、空は茜色に暮れなずんでいた。

「イザベラ、もう少しゆっくりしていきなさい」

急いで帰ろうとすると、父が呼び止めた。

「お姉様、もう帰るの？」

アルフォンソが言った。母は黙っていた。

「お母様、私は殿と今日お祭りに行くお約束をしたんです。殿は今も私の帰りを待っていらっしゃるんです」

「イザベラ、早くお行きなさい」

「有難う、お母様」

イザベラは走って馬車に乗り込んだ。


マントヴァに帰り着いた時は真夜中だった。イザベラは大急ぎで裏玄関から入った。

「あっ」

イザベラは立ち尽くした。

フランチェスコが食堂の横の長椅子で、大の字になって寝ているのだ。もう皆寝静まって、あたりに人気は無かった。フランチェスコは、朝見た時と同じ服のまま、子供の様な顔をして寝息を立てていた。イザベラの目に涙が光った。

燭台の光に照らされたその寝顔を、イザベラはいつまでもたたずんで見つめ続けていた。


ストゥディオーロは秋の日差しでいっぱいだった。

イザベラは、窓辺の机で母に手紙を書いていた。この頃また体調を崩していると先週の手紙に書いてあった。イザベラは今も毎週母に手紙を書き、母も毎週欠かさずくれた。

イザベラは顔を挙げた。秋の湖は刻々と色が変わり、一時もとどまることは無かった。そして、秋の空はどこまでも澄み渡り、見つめていると吸い込まれていきそうな気がした。

その時、フランチェスコが入って来た。

「イザベラ、今、フェラーラから使者が来た。お母さんの御加減が思わしくないらしいんだ」

イザベラは驚いて立ち上がった。

「僕は今からフェラーラに行く。君は待っていなさい」

フランチェスコの声には、思いやりといたわりがこもっていた。イザベラは何も言えずにうなずいた。


1493年10月11日フェラーラ公妃エレオノーラ永眠。享年43。

国中が悲嘆に暮れ、すすり泣く声が満ち満ちた。

フランチェスコは、自分が帰るまで決してこのことをイザベラに知らせぬ様、固く命じた。

イザベラは独りストゥディオーロの長椅子に座っていた。その目は虚ろに窓の方へ向けられていた。

その時、静かに扉が開いた。見ると、フランチェスコが立っていた。

フランチェスコは一歩部屋の中に入るとそのまま直立して動かなかった。その顔は蒼白で、唇が微かに震えていた。

「知っているのよ」

イザベラは、静かにフランチェスコの目を見て言った。

フランチェスコは蒼白のまま、力無くイザベラの横に座った。そして何か言おうとしたが、そのまま唇を震わせた。

「知ってるの」

イザベラの目にみるみる涙が溢れた。

イザベラはフランチェスコの胸に泣き崩れた。

そして、いつまでもいつまでも泣き続けた。

フランチェスコは、何も言わずにイザベラの髪を撫で続けた。

イザベラは、やがて顔を挙げた。黒い瞳も長いまつ毛も涙に濡れていた。

フランチェスコは、初めて口を開いた。

「間もなく生まれる子供が女の子なら、お母さんの名前をつけよう」

イザベラは、静かにうなずいた。

1493年12月31日、イザベラに女の子が誕生した。

侯爵家第一子御誕生にマントヴァの国中の鐘が鳴り渡り、祝砲がとどろいた。

そして、約束通り、その子はエレオノーラと命名された。

イザベラは祈った。

「お母様の名と徳が、この子の中に甦ります様に」

第12章　イタリア戦争

エレオノーラが産声を挙げてすぐ新年が始まった。１４９４年　イザベラ19歳。

イザベラは、エレオノーラの洗礼が済むと、ロレートへの巡礼の支度にかかった。子供が授かります様に、と聖母マリアに願を掛けていたので、そのお礼のための巡礼の旅である。捧げものとして、有名なマントヴァの細工師バルトロメオ・メリオロに依頼しておいた黄金細工も立派に完成した。

3月10日いよいよ出発の日が来た。

「船着き場まで見送るよ」

フランチェスコが言った。

「有難うございます。でも、その前にちょっとごめんなさい」

イザベラはエレオノーラの部屋へ行った。ゆりかごの中のエレオノーラは上機嫌で、もみじの様な手をかざしていた。イザベラは、エレオノーラを抱き上げると頬ずりしてそっと抱きしめた。そして柔らかなほっぺに何度もキスをすると、そっとまたゆりかごに下した。

フランチェスコは、その間中そばに立って、何とも言えない顔で見とれていた。

「それじゃあ、参りましょう」

イザベラの目はうるんでいた。イザベラは、扉の所でもう一度エレオノーラを振り返ると、出て行った。

「もうすぐ白のダマスク織の服が届きますから、着せてあげて下さいね。似合うかどうか、お手紙で知らせて下さい」

イザベラは船着き場までの道々フランチェスコにエレオノーラのことをいろいろ頼み続けた。フランチェスコは微笑みながら、うん、うん、とばかり言っていた。

「それでは殿、行って参ります」

「気をつけてね」

イザベラは捧げものの黄金細工が入った箱を大事そうに抱えながら船に乗った。川面は春の光を柔らかく反射していた。フランチェスコは手を振った。イザベラもいつまでも手を振り続けた。


ロレートまでの道は遠く、イザベラは道中ラヴェンナ、ペーザロ、アンコーナに立ち寄る予定だった。

イザベラはラヴェンナに到着すると、沢山の古い教会に参詣し、その見事なモザイクに目を見張った。

その夜、イザベラはフランチェスコに手紙を書いた。

「ロレートへの巡礼を終えたら、復活祭はグッビオで過ごします。そして、グッビオ滞在中にアッシジとペルージアにも参ります。これらの高貴な町を心ゆくまで見たいです。

アッシジでミサに参列し晩餐を致しましたら、その日のうちにグッビオに戻ることは無理でございますから、アッシジで一泊、ペルージアでも一泊致します。

アッシジからペルージアまでは美しい谷間を通ってほんの10マイル、そしてペルージアからグッビオまではさらに12マイルの道のりと聞いて居ります」

朝になるとイザベラはラヴェンナを発ち、ペーザロとアンコーナを経由してロレートへと向かった。

ロレートには、聖週間の水曜日に到着した。

そして、翌日の聖木曜日、イザベラは告解の後に聖餐を受けた。

こうしてロレートでの巡礼を済ませると、イザベラはフランチェスコへの手紙に書いた通り、グッビオに向かった。


「まあ」

「貴女がいらっしゃるのを、ここでお待ちしていましたの」

なんと、グッビオに着くと、エリザベッタ夫妻が待っているのだ。

「どうして今日ここに参りますことがお分かりになりましたの？」

「お兄様が知らせて下さったんです」

「それにしても、こんなところでお会いできるなんて……」

イザベラはエリザベッタたちと尽きせぬ話に花を咲かせた。

エリザベッタはあれからずっと今年（１４９４年）の1月までマントヴァにいてくれたのである。そして、クリスマスにマントヴァにやって来た夫と一緒に1月20日ウルビーノに帰って行ったのであった。

イザベラは、グッビオに落ち着くとすぐアッシジを訪れた。

イザベラは、神殿のジョットーの壁画に強く心を動かされ、その後聖フランチェスコのお墓に詣でて誓言を立てた。

イザベラはその足でカメリノの従弟たちを訪問した。初めて会う彼らは手厚くイザベラを迎えてくれ、別れる時はお互いに泣いて名残を惜しみ合った。

グッビオに戻るとイザベラは、勧められるままに10日間ここでエリザベッタ夫妻と過ごすことにした。公爵たちに案内されながらイザベラは、グッビオの風光の美しさと宮殿の見事さに賛嘆した。この宮殿は、エリザベッタの夫グイドバルドの母バチスタ・スフォルツァが愛した住まいで、グイドバルドが誕生したのも、そしてバチスタが亡くなったのもここであった。

3月30日イザベラはフランチェスコに手紙を書いた。

「この宮殿は、壮麗な建築であります上に、見事な調度品で飾られ、風光の美しさは比類がございません。この宮殿は、町と平野を見下ろす高みに建てられ、素敵なお庭の中ほどには泉が湧き出て居ります」

ところが、グッビオでの滞在を終え公爵夫妻にウルビーノに伴われたイザベラは、宮殿を前に目を見張った。

「このウルビーノの宮殿は、想像を絶する素晴らしさです。風光の美しさは申すまでもなく、宮殿中は無数のつづれ織りや銀の壁飾りでうずめ尽くされています。そして、一つ一つのお部屋にはそれぞれ異なった趣の壁掛けがあつらえられ、決して違うお部屋に移動させたりなさいません。

公爵夫妻は、私がグッビオに着きましてから、日毎に贅沢にもてなして下さいます。花嫁様でもこんなに歓迎していただけないのではないかと思うほどの御心遣いでございます。

私は何度も、私のためにこんなにお金をお使いにならないで下さいとお願い致しました。もっと家族的に気楽に待遇して下さい、と。でも、ちっともお聞きいただけませんでした。これは寛大なる公爵様のお考えだそうです。公爵様は現在、素晴らしい宮廷を司られ、ウルビーノには文化が開花して居ります。そして、公爵様は知恵と愛をもって国を治められ、人々は大変満足しています」

一方フランチェスコはエレオノーラの育児日記を毎日書いて送ってくれた。

「昨日、エレオノーラの部屋へ行ってみたら、元気いっぱいで、生き生きしていて、僕まで嬉しくなってきた。君が言う様に白のダマスク織の服を着せてやったら、とっても可愛くて、よく似合って、エレオノーラもすっかり気に入った様だった。

今朝またエレオノーラの部屋に行ったんだが、眠っていたから起こさなかった」

イザベラは夜、独り燭台のもとでフランチェスコの手紙を読んだ。そして、微笑みながら目をうるませた。

4月25日イザベラはウルビーノ公爵夫妻に別れを告げて北へと旅立った。

ところが、エリザベッタは悲しみのあまり、24時間以内に次の様な手紙を書いて送ってきた。

「貴女の姿が見えなくなった時、私は、愛する妹を失った様な悲哀にとどまらず、自分自身の命までが身から飛び去って行ってしまった様に感じました。

私はもはやお手紙でこの胸の内をことごとくお伝えする以外に悲しみを癒すことは出来ません。でも、もし私の悲しみを全て表すことが出来ましたら、貴女はきっと私を憐れに思って今すぐ戻ってきて下さるに違いありません。

そして、もし貴女を煩わせることを恐れないなら私はどこまでも貴女について行ったでしょう。でも、それは到底叶わぬことです。あまりにも貴女を大事に思うから。

ただ、どうか時々私のことを思い出して下さい。そして、私の心にはいつも貴女がいることを忘れないで下さい」

イザベラは、心を込めてエリザベッタに手紙をしたためた。

イザベラはさらに旅を続け、ロマーニャ地方を通ってボローニャに到着した。

「お妃様、お妃様、ああ、間に合った」

或る朝、マントヴァの執事が単身、馬で駈けつけた。

「もうボローニャをお発ちになったかと思いました」

執事はそう言ったきり、喘ぐ様に肩で息をした。

「大丈夫ですか？　何事です？」

「これです。殿様からのお手紙です」

いきなり執事は封筒を取り出すと、イザベラに渡した。

「親展……」

イザベラは不吉な胸騒ぎを覚えた。

部屋へ行って急いで封を切ると、それは長い手紙だった。

イザベラは食い入る様に読み始めた。

それには次の様に書かれていた。

ドビニュイというフランス人が、３人のフランスの大使および85騎の騎兵とともに4月23日マントヴァに到着。

ナポリへ出兵するためフランス王の軍隊の領内通過を許可して欲しい、と求めてきたのである。

それればかりか、フランス王シャルル八世の陣営に入る様、極秘にフランチェスコに要請してきたのであった。もしもフランス王にくみすれば、大将および式部長官の位を進呈する、と。

しかしフランチェスコは、既にヴェネツィアの総督と契約しているのでこの申し出は断るつもりだ、と書いていた。

読み終わってイザベラはいつまでも身動きしなかった。

このイタリアに……ルネッサンスの花が咲き誇るイタリアに、今、運命の転機が迫りつつある。イザベラはそんな思いを振り払うことが出来なかった。


イザベラは取るものも取りあえず、その日の夕方ボローニャを発ち、マントヴァへ帰った。

時は１４９４年。15世紀は今終わろうとしていた。


「あっ、殿」

廊下の向こうにフランチェスコの姿を見つけると、イザベラは駈け出した。フランチェスコもイザベラに気づくと駈け寄ってきた。

「緊急のお話って？」

「そのことで君を探していたんだ」

フランチェスコは自分の部屋へ入った。イザベラも続いて入った。

「悪いけど、ちょっとみんな席を外してくれない？」

侍女や執事たちは出て行き、部屋の中は二人だけになった。

窓の外の蝉しぐれがやるせなく部屋を包んだ。

「フランス王シャルル八世の軍隊がイタリアに侵入した」

「えっ」

イザベラは息が止まりそうになった。イザベラは、体中の震えを抑えることが出来なかった。

「シャルル八世は三万の大軍を率いてアルプスを越え、ミラノのアスティに入場した」

「アスティに……」

「この度のイタリア侵攻には、ルドヴィコ殿が手を貸しているらしい」

イザベラは驚きのあまり声が出なかった。

「フランス王と結ぶことで権力の拡大を狙っているんだ」

二人の間に沈黙が流れた。聞こえるものはただ、気の遠くなる様な蝉しぐれだけだった。

「殿、私たちの取るべき道は？」

イザベラは静かに口を開いた。

「そのことで君と相談したかったんだ。実は今しがた、フェラーラの父上から手紙が届いた。アスティでフランス王と会見されるため今日の夕刻フェラーラを発たれるそうだ」

「それでは父はシャルル八世陛下を支持すると？」

「そのおつもりらしい」

イザベラは一点を凝視した。

「殿は如何お考えでございますか？」

「わからない。まだ何とも言えない。しかし、当面はフランス王を支持する以外に道は無いのではないかと思う」

イザベラは黙ってうなずいた。

シャルル八世はアスティでルドヴィコおよびエルコレ一世と会見した。

そして、ルドヴィコから、フランス軍がナポリを攻撃する際は妨害せず中立を守るとの申し出を受けた。


こうしてシャルル八世の軍隊は易々とイタリア半島を南下し、ナポリを目ざした。

「ただ今ミラノから早馬が着きました」

書類を見ながら話をしていたフランチェスコとイザベラは驚いて立ち上がった。

廊下の向こうでものものしい音がしたと思うと、使者は両肩を二人の執事に抱えられて喘ぎながら担ぎ込まれた。

使者は全身で息をしながら、途切れ途切れに言った。

「駐ミラノ大使ドナト・デ・プレディ閣下からの御伝言を申し上げます。昨日、ミラノ公爵ジャン・ガレアッツォ様がお亡くなりになりました」

イザベラは息を飲んだ。政務室にざわめきが走った。使者は続けた。

「新公爵としては、叔父のルドヴィコ・スフォルツァ閣下が選ばれ、正式に発表されました」

政務室の中はどよめきに変わった。

ストゥディオーロに戻るとイザベラは、夭折したミラノ公爵ジャン・ガレアッツォのために涙を流した。ジャン・ガレアッツォは病弱で、叔父ルドヴィコ・スフォルツァが全権を掌握し、ミラノの宮廷画家レオナルド・ダ・ヴィンチも「時と時のはざまに見捨てられしジャン・ガレアッツォ」と詩に書いたほどの嘆きの日々を送っていた。その末の25歳での夭折。

イザベラは手を合わせ、一心に冥福を祈った。

イザベラはまた、アンナ・スフォルツァのために泣いた。アンナは弟アルフォンソの妻であり、ジャン・ガレアッツォの妹であった。あの優しくおとなしいアンナは今頃、兄の死を聞かされてどんなに嘆き悲しんでいるだろう。そう思うとイザベラは、胸が締めつけられる様に痛んだ。

そして、ジャン・ガレアッツォの妃イザベラ・ダラゴーナの悲しみを思う時、涙で心が闇に暮れた。イザベラ・ダラゴーナはナポリのアルフォンソ二世（フェラーラ公妃エレオノーラの弟）の王女で、従姉に当たった。当時、ヨーロッパの王侯は祖父母の名前をもらうのが慣例で、いとこであったイザベラ・デステもイザベラ・ダラゴーナも共通の祖母であるナポリ王妃イザベラ・ディ・キアロモンテの名をもらってイザベラと命名されたのであった。

イザベラは泣きながら、アンナ・スフォルツァとイザベラ・ダラゴーナに心を込めて手紙を書いた。

フランチェスコとルドヴィコの間には近年疎遠なものがあった。ルドヴィコは、フランチェスコが自分の政敵であるナポリのアルフォンソ二世と極秘に文通を行なっているのではないかと疑惑の目を向けていた。

しかし、フランチェスコは、ルドヴィコのミラノ公位継承に際して丁重なお祝いの手紙を送った。そして、ベアトリーチェがイザベラに死ぬほど会いたがっていると聞いて、ミラノに行ってくる様、勧めてくれた。

翌1495年1月、イザベラはミラノを訪れた。そして、2月4日、ベアトリーチェに第二公子フランチェスコ・スフォルツァが誕生した。イザベラは、フランチェスコ坊やを洗礼盤に捧げる役を頼まれて、感激した。

「私も男の子が欲しいな」

イザベラは、今までからもそう思ったことがあったが、フランチェスコ坊やを見ていると、急にそんな気持ちがこみ上げてきた。

ルドヴィコは連日連夜イザベラのために盛大な宴や野外劇を催してくれた。

また、あのニッコロ・ダ・コレッジオをはじめとするミラノの廷臣たちも数々の素晴しい催しをイザベラのために企画してくれた。

ところが、ベッドに寝ているベアトリーチェは、その様な催しのためにイザベラが枕元を立とうとすると、急に涙を浮かべて寂しがるのだった。

イザベラは、出来る限りベアトリーチェの枕元に坐って話し続ける様に努めた。

ベアトリーチェにマントヴァの湖の白鳥のことを話していると、急にルドヴィコが入って来た。

「お姉様、行ってしまうの？」

ベアトリーチェは目にいっぱい涙を浮かべた。

「お姉さんを困らせてはいけないぞ」

そう言ってルドヴィコは笑いながらベアトリーチェの頭を撫でた。

「閣下、本当に有難うございます。でも……」

「分かりました。分かりました。ベアトリーチェが寝てから出直しましょう」

ベアトリーチェの顔がぱっと輝いた。ルドヴィコはもう一度ベアトリーチェの頭を撫でると、イザベラに会釈して出て行った。

ベアトリーチェはやがて眠ってしまった。

しかし、その手にはイザベラの手がしっかりと握られていた。イザベラはその寝顔を見ていると、何故か涙がとめどなく流れた。

ミラノは、宮殿も教会も寺院も、そして町中が素晴らしい建築と絵画でうずめ尽くされています、とイザベラはフランチェスコに書き送った。

イザベラの秘書カピルピは１４９５年1月28日フランチェスコに次の様な手紙を書いた。

「お妃様がヴェネツィアの大使の御訪問をお受けになりました時の有様を、殿様にお見せ出来なかったのが残念でなりません。大使の御挨拶に対して、お妃様は優雅に堂々と、そして明晰な頭脳をいかんなく感じさせるお答えをなさいました。感激のあまり大使は、自分はこれより後お妃様の忠義なしもべとなります、とおっしゃいました。

この様にして、お妃様に会いにいらっしゃる方々は皆、すっかり魂を奪われてお帰りになります。

中でも最大の賛美者はミラノ公です。ミラノ公はお妃様を『我が愛する娘』とお呼びになり、いつも同じテーブルでお食事をなさいます。

お妃様は殿様のためにも、そして国のためにも、この上なく名誉を高められたと申せましょう」

イザベラは、自分には不相応でもったいなく思えるほど皆様がよくして下さいます、とフランチェスコに書き送った。

ルドヴィコの切なる要請で、フランチェスコはイザベラに、カーニヴァルをミラノで過ごしてよい、と書いてきてくれた。しかし、次の言葉を添えるのを忘れなかった。

「君がいないものだから、マントヴァ中が不満だよ」

2月22日、ナポリ王国は陥落した。若きナポリ王フェランテ二世が陣頭指揮で首都を留守にしている間に傭兵隊長が裏切り、門を開いてシャルル八世の軍隊を首都に入れたのであった。

フェランテ二世は一族とともにシチリアへ落ち延びた。


この報せがミラノに伝わると、イザベラは魂の凍える様な思いがした。イザベラにとってナポリは母の国であった。そして、フェランテ二世は従兄だった。華やかなカーニヴァルもイザベラの目には光を失った。

イザベラはナポリの荒廃とアラゴン王朝の悲劇に胸が引き裂かれる思いであった。


カーニヴァルは終わり、いよいよミラノを発つ時が来た。

ルドヴィコはイザベラのために沢山のお土産を用意してくれた。その中でも皆が目を見張ったのは、鳩の刺繍を施した華麗な金襴であった。


「お姉様」

イザベラが船に乗ろうとすると、急に見送りの人の列からベアトリーチェが駆け出してきた。

「お姉様」

ベアトリーチェはイザベラのかいなを捉えた。そして、唇を微かに震わせたが、みるみるその目には涙が溢れた。

「また、会いましょう」

イザベラは涙ぐんでベアトリーチェの目を見て言った。

「本当に……本当に、また」

ベアトリーチェは悲痛な声で言った。

イザベラは静かにうなずいた。


1495年4月、対仏大同盟が結成された。

フランス軍が容易に目的を達成したのを目のあたりにして、法皇アレッサンドロ六世、ヴェネツィアの総督、そしてミラノ公ルドヴィコをはじめとするイタリア諸侯は、シャルル八世を不信の目で見る様になっていた。

それればかりでなく、シチリアの支配者を兼ねるスペインのフェルディナンド王、半島の北部に領地を持つ神聖ローマ皇帝マクシミリアン一世等、外国勢力もフランスの進出に反対し、イギリスのヘンリー七世も長年の宿敵フランスに対抗する意味から、遂に対仏大同盟は全ヨーロッパ的規模に膨れ上がっていった。

そして、同盟軍の総大将にはフランチェスコ・ゴンザーガが選ばれた。

同盟の話を聞くや、シャルル八世は退路を遮断されることを恐れ、急遽北へと引き返しにかかった。

これを迎え撃つため、フランチェスコは25000の大軍を率いて出陣しようとした。

「どうか御無事で」

イザベラは消え入る様な声で言った。涙は見せなかったが、その顔は蒼白で、瞳は震えていた。

フランチェスコは黙ってうなずくと馬に乗った。

そして、二度と振り返らず城門を出た。後には２５０００の大軍が従った。

イザベラは身じろぎもせず、最後の一人が見えなくなるまで見送り続けた。

イザベラは、また政治の一切を任されることとなった。戦場にいるフランチェスコに、どんなことがあっても心配をかけてはならない、とイザベラは全身全霊で政務に当たった。

イザベラは、決して人前で涙を見せなくなった。今まで以上にもっと明るく、笑みを絶やさない様になった。そして、何か用があればいつでも会いに来てくれる様、絶えず人々に呼びかけた。

イザベラは、また、今までにも増して町の見回りに出かけた。そんな時、人々はイザベラに気づくとすぐに手を振ってくれた。口笛を吹いて振り向かせようとする子供たちもいた。イザベラは満面の笑みでそれに応えた。

時々イザベラが過労で熱を出すと、すぐ聞きつけて沢山の人々が手に手に花や果物を持ってお城にお見舞いに来てくれるので、イザベラは一日も寝ていることが出来なかった。

或る時、顧問官たちとの話し合いが長引いて夕方まで見回りに出かけなかったら、次から次へと町中の人々が心配してお城に様子を見に来てくれたので、それ以来イザベラは一日も見回りを欠かさなくなった。

それでも夜になってエレオノーラを抱きながら子守唄を歌っていると、ひとりでに涙が出ることがあった。

イザベラは星空を見上げ、この同じ星を陣営のフランチェスコも見ているのかと思った。


昇天日の前夜祭に小さな出来事が起こった。行列がダニエル・ノルサという銀行家の家の前を通りかかった時のこと、人々の目は家の外壁に描かれた一群の滑稽な絵に惹きつけられた。

その絵の傍らには神に対する不敬な言葉が書かれていた。

それは何者かの悪戯だったのだが、人々は一斉に叫び声を挙げ、その絵目がけて石を投げつけた。しかし、当局が即座に出動した御蔭で、大事に至らずに済んだ。

ところが、後日、この出来事を針小棒大に誇張して陣営のフランチェスコに手紙を送った人物がいたのである。

イザベラはフランチェスコに書いた。

「この様な悪質な作り話の考案者は、イタリアを守ることに邁進なさって居られます殿の御心をかき乱しても一向に平気でございます。そして、私ばかりでなく顧問官一同の名誉も全く無視して居ります。

どうか殿、御心を平らかにお持ち下さいませ。

私は人々の協力を得て、間違いが起こりません様、心がけて居ります。

そして、この国の人々にとって良いことは、可能な限りどんなことでも実践致して居ります。

もし、私が何も申しませんのに、誰かが殿に、騒動が起こったなどと申しましたら、それは虚偽と見なして下さいませ。

私は役人たちともよく話し合って居りますし、一般の人々にも『いつでも私の所へ来て下さい』と申して居りますので、決して私の知らないうちに騒動が起こっている様なことはございません」


3日後、フォルノヴォで最初の戦闘が行われたことがマントヴァに知らされた。

「我が敬愛する殿、今日までお便り致しませんでしたのは、何も申し上げることが無かったからでございます。でも今、私は殿が勝利を収められましたことをお聞きして、即座にお祝いのお手紙を書かせていただいて居ります。

この報せは私をこの上も無く狂喜させました。そして私は、殿がこの先もお勝ちになります様、神様にお祈り致して居ります。

本当にお手紙有難うございました。私がどんなに喜んで居りますか、筆舌には尽くし難うございます。

どうか、くれぐれも御身御大切になさって下さいませ。

私は殿が戦場に居られることを思いますと、いつも胸が張り裂けそうになります。たとえ殿がそれをお望みになっても、私は心配のあまり死んでしまいそうです。

本当にお顔が見たくてたまりません」

イザベラは、小さな金の十字架を同封した。

「どうか、この十字架をお首にかけて下さいませ。殿の信仰心と、この十字架に込められた祈りが、危険のさなかにあっても殿の御身をお守りするはずです。

私の心を思いやって、マントヴァ中のお坊様が殿のために日夜お祈りを捧げて下さって居られます」

6月5日フランチェスコは陣営で短い手紙を書いた。この小さな十字架を、自分は死の瞬間まで離さない、と。

翌朝、フランチェスコはタロの戦いに出陣した。


6月7日夜、フランチェスコは、勝利に酔いしれるタロの谷間の同盟軍の陣営で、独り手紙を書いた。

「特使から聞いてくれているだろうが、昨日の戦いは大変激しいものだった。

そして、我が軍は多くの人を失った。その中に、我が叔父ロドルフォ卿と従弟のジョヴァンニ・マリア殿も含まれている。敵軍はより多くの兵士を失った。我々がどの様に戦ったかは全てこの人が知るところであり、ここでは改めて触れない。ただ、これだけは言っておくが、我々は四面楚歌の窮地に陥っていた。神が我々を救って下さったとしか思えない。

この様な混乱が起こったのは、ヴェネツィアのギリシア人およびアルバニア人の傭兵たちが指示に従わなかったからだ。彼らは略奪を欲しいままにした上に、肝心の危機に瀕した折りには誰一人姿を見せなかった。

神の御蔭で我々は救われたのだ。

多くの兵卒が無為に敗走した。追われてもいないのに。

大部分の歩兵がそうだ。後に残った歩兵は僅かだった。

これらのことは、いまだかつて無かったほど私の心を暗然とさせた。

もし運悪く敵が立ち向かってきていたなら、我々は玉砕していたはずだ。

フランスの貴族で我々の捕虜になった人もいる。

敵は今朝出発し、丘を越えてサンドミノ村とピアチェンツァに向かった。

我々は彼らの進路を見て、如何にすべきか考えるつもりだ。

もし、もっとまともな軍隊が我々の様に戦っていたなら、勝利は決定的なものとなり、フランス人は一人として逃げられなかったはずだ。

じゃあな」

フランチェスコは重いため息をつくと、燭台の光を吹き消し、床に就いた。

その夜、フランス軍は行軍を続け、タロの谷をよぎってロンバルディア平原を退却し続けた。

空が白むと、フランチェスコは出陣した。

敵の将軍と剣が火花を散らした瞬間、不意にフランチェスコの馬がくず折れた。首を槍で刺されたのだ。あわや地面に投げ出されそうになった、そこを目がけて敵は剣を振り下ろした。とっさにフランチェスコの剣はそれを受け止め、渾身の力で跳ね返した。そしてひるまず二の太刀を浴びせかけると、敵は落馬。

フランチェスコは敵の馬の手綱を掴むと、ひらりと飛び移り一鞭当てた。

そこを目がけて第二の敵が突進して来た。フランチェスコは、はっとして身をかわし、激しく太刀を振り下ろした。敵はそれを受け止め、凄まじい一騎打ちが始まった。火花が散った。

「あっ」

フランチェスコが身をかわした瞬間、敵の刀が馬の首にぶち当たった。馬は血しぶき挙げて倒れた。しかし、フランチェスコの左手には敵の手綱が握られていた。敵は刃を振り下ろした。それを跳ね返し、フランチェスコは左腕に渾身の力を込めて敵の馬に乗り移った。敵は激しく太刀を浴びせかけたが、身をかわし、跳ね返し、フランチェスコは敵の首に腕を掛けると二人で落馬した。そこでまた死闘が繰り広げられた。刀は激しくぶつかり合い、恐ろしい音を立てて火花を散らした。しかし遂に、敵は血しぶき挙げて倒れた。

フランチェスコは肩で息をしながら、敵の馬の手綱を掴むと飛び乗った。顔も手も服も返り血で真っ赤だった。

あたりは硝煙と土煙で地獄さながらだった。

「やられた」

馬は流れ弾に当たってくず折れた。フランチェスコは飛び降りて、太刀一つを握りしめ戦場を歩いた。

「あっ」

とっさにフランチェスコは受け止めた。馬上から敵が切りつけたのだ。敵は何度も振り下ろした。そのたびにフランチェスコは受け止めたが、徒歩と騎馬では目に見えていた。それでもフランチェスコは跳ね返し続けた。

敵は太刀を両手で持つと力任せに振り下ろした。その瞬間、フランチェスコの刀は折れた。とどめを刺さんと振り下ろされた第二の太刀をフランチェスコは手に残る半分の太刀で受け止めた。そして、敵が第三の太刀を振り下ろした瞬間、フランチェスコは目を閉じ、胸にかけた小さな十字架を鎧の上から押さえた。

フランチェスコは、はっとした。目を開けた瞬間、敵の姿は馬上に無かった。

「殿」

「アレッサンドロ」

「殿、これを」

アレッサンドロ・ダ・バエッソは自らの太刀をフランチェスコの手に握らせた。あっと思った瞬間、アレッサンドロは馬に一鞭、走り去った。

「お妃様、トロイのヘクトールの時代から今日まで、我が殿の様に戦った英雄はこの世に一人も居りません。

殿は御手ずから十人を打ち負かされました。

どうか詩編の一つもお妃様からお捧げ下さいませ。殿が生きて無傷で居られますのは、まさに奇跡そのものです」

フランチェスコの救済に命を賭して駈けつけたアレッサンドロ・ダ・バエッソは、この様に書いた。


シャルル八世は間一髪、追手から逃れた。しかし、王を救ったバスタル・ド・ブルボンは自らが捕虜となった。

彼はマントヴァに送られた。イザベラは、礼を尽くしてバスタル・ド・ブルボンを迎えた。

敵と言えども、或いは、敵ならばなおさらもののふには礼を払わねばならないという信念がイザベラにはあった。

そして、バスタルの顔を見た時、もう一つの思いが胸にこみ上げてきた。この方の御家族は、今頃どんなに心配し嘆き悲しんで居られるであろう、と。イザベラは急に我が事の様に悲しみで胸がいっぱいになった。

そして、故郷を遠く離れ、囚われの身となったバスタルの心中を思うと胸が締めつけられる様に痛んだ。イザベラは涙がこみ上げたが、急いで振り払い、笑みを浮かべた。もし涙を見せれば、この高貴な武人は傷つくに違いないと思って。

イザベラはどこまでもバスタルに礼を尽くし、心を込めてもてなした。

イザベラの秘書のカピルピは、このフランスの伯爵に何一つ不自由させなさいません」

「お妃様は、このフランスの伯爵に何一つ不自由させなさいません」

フランチェスコにそう書いて送った。

2か月後、バスタルは帰国を許された。

「お妃様の御恩と、女神の様な御心は終生忘れません」

バスタルは涙を浮かべ深く一礼すると、馬上の人となった。

イザベラはいつまでもたたずんで見送り続けた。

このイザベラの徳望は、たちまちのうちに伝え広まり、フランス人も、そしてイタリア人も感嘆した。

しかし、唯一つの例外があった。ヴェネツィアである。ヴェネツィア国内には以前からフランチェスコの栄光を妬む者が少なくなかった。自らが総司令官の地位を望んだ者はなおさら、そうでない者も、武勇の誉れ高く、人々から愛され、長老から格別の信任を得ているフランチェスコに激しい嫉妬を燃やす者が、貴族や政治家、軍人の中には少なくなかった。

彼らはこのたびのイザベラの行いを、フランチェスコのフランス寄りの心の表れとして危険視する様、総督に讒言したのである。

フランス王の陣営から持ち帰られた戦利品には、王の刀と兜、国家の印形を入れた銀の小箱、数多の聖遺物などが含まれていた。

ただ、フランチェスコは、その殆どを礼を尽くしてシャルル八世に返した。

一揃いのつづれ織りだけは戦勝品としてマントヴァに送った。あの、戦場で折れた自らの刀と一緒に。

イザベラは、それらを押し戴く様にして受けた。

そして、フランチェスコの折れた刀は、彼の弟シジスモンドに譲った。聖職者である彼が持っている方が、刀にとっても供養になると思って。シジスモンドはフランチェスコに手紙を書いた。

「僕にとってこの刀は、マントヴァの守護聖者ロンギヌスの槍と同じくらい尊い。この刀がイタリアをフランス人の手から解放したのです」

ヴェネツィアゆかりのフランチェスコの活躍に、ヴェネツィア中は狂喜乱舞し、国を挙げてのお祭り騒ぎになった。総督は、

「やっぱり、わしの目は高い」

を連発して、喜びのあまりフランチェスコの年俸を2000ドゥカーティ増額。さらにイザ

ベラにまで1000ドゥカーティの年金を約束した。

しかし、総督の周囲には、この栄光を嫉妬の渦巻く目で見ている者が少なくなかったのである。


フランチェスコはイタリア全土で、いにしえのハンニバルやスキピオに例えられた。

詩人たちがこぞって褒め称え、フランチェスコがイタリアの解放者として全イタリア人から称賛されても、イザベラは恐怖におののく心を抑えることが出来なかった。

イザベラは、ノヴァーラでオルレアン公を包囲しているフランチェスコに手紙を書いた。

「あんなに何時も何時も危険を冒されて、いくら御手柄をお立てになっても私はちっとも嬉しくございません。どうか殿、くれぐれも御身御大切に。そしてもう、あの様な危ないことはおやめ下さい。

それから、大将は全体の形成を総括的に把握しながら絶えず指令を出さねばなりませんのに、そんなに最前線で戦っていらっしゃいまして、大丈夫なのでございますか？

殿の指揮一つに、何千何万という人々の命がかかって居りますことを思い、敢えて申し上げるのでございます。お許し下さいませ」

そしてイザベラは、1歳7か月のエレオノーラの名で、次の様な小さな手紙を同封した。

「大好きなお父様、強いお父様、私はゆりかごの中で寝ていても、お乳を飲んでいる時も、何時も何時もお父様の勝利を称える歌声を聞きます。

お父様はフランス軍を打ち負かし、追い払い、イタリアを怖いおじさんたちの手から解放して下さいました。

イタリア中の人々がお父様のことを褒めて下さるので、私はとっても嬉しいです」

フランチェスコは殆ど時間が無く、8月28日にやっと短い手紙を書いた。

自分は日夜馬の背に揺られて行軍を続け、体がもっているのが不思議なくらいだ、と。

フランチェスコはまた、自分は戦ばかりでなく、同盟軍内に於けるイタリア人兵士とドイツ人兵士の絶え間ない争いに、断腸の思いを味わっている、と書いた。つい先日の小ぜりあいでは120人もが死んだ、と。

そして、どうかトランプを送って欲しい、今の自分には何一つ慰めが無い、と書いた。

遂にノヴァーラは陥落し、シャルル八世はミラノ公ルドヴィコと平和条約を締結した。

秋、フランチェスコはヴェルチェッリでシャルル八世と会見した。

シャルル八世はフランチェスコを丁重に迎え、見事な馬を送った。

その日フランチェスコに同行した詩人は、後日イザベラに手紙を書いた。

シャルル八世は名高いマントヴァ侯妃のことを心から知りたがっている様子で、その美しさや教養、人柄などを事細かしく尋ねた、と。

そして、是非親友になりたい、と25歳のフランス王は若者らしい率直さで言った、と。

イザベラは、頬を染めてその手紙を読んだ。

戦争が終わる。

熱いものが胸いっぱいにこみ上げてきた。

戦争が終わる。

イザベラは、何度も何度もこの言葉をかみしめた。


遂にフランス軍はアルプスを越えて帰って行った。

そして11月1日、フランチェスコはマントヴァに華々しく凱旋した。町中は大騒ぎになり、人々は一目フランチェスコを見ようと家々から飛び出して来て、手を振り叫び声を挙げた。

道には花が撒き散らされた。

「泣くなよ」

いくらフランチェスコに言われても、イザベラは涙が止まらなかった。

後から後から涙が湧いてきて、とうとう顔を覆って泣き出した。

フランチェスコは乱暴にイザベラの頭を撫でた。

その途端、人々は万歳を叫んだ。

人々は、何度も何度も万歳を叫んだ。

その声はマントヴァの山野に広まり、いつまでもこだまし続けた。

第13章　絆

町は活気に輝き、笑い声がお城に甦った。

人々は、この平和を、この幸福を、胸いっぱい深呼吸した。

「これはやっぱりお妃様しか」

「いやよ、私には無理です」

部屋の中は暖炉の日がとろとろと燃え、イザベラは侍女たちとはしゃいでいた。フランチェスコは椅子に座り、エレオノーラを膝に乗せて微笑みながら事の成り行きを見ていた。

先ほどから絵のモデルのことでもめているのだ。

フォルノヴォの戦いに出陣する朝、フランチェスコは聖母マリアに祈りを捧げた。そして、その日の戦でまさに九死に一生を得たのであった。フランチェスコは独り涙を流し、生きて国へ帰ることが出来た暁には必ず立派な聖母画を創り今日の奇跡を後世に伝えます、と誓いを立てた。

奇跡は続いた。タロの戦い、ノヴァーラの戦いと、フランチェスコは何度も死に直面しながら、その度に間一髪救済され続けたのであった。

凱旋すると、フランチェスコは真っ先にこの話をした。マントヴァ中が感動し、熱狂した。

そして、その聖母画こそこの国の金字塔にしようという声が高まった。人々はお城に押し寄せ、その絵の中に甲冑をつけたフランチェスコの姿を描き入れて欲しいと請願した。そして、聖母はイザベラをモデルに描いて欲しいと言うのであった。

「私には無理です。絶対に無理です」

イザベラは逃げ回った。しかし、侍女たちは許してくれなかった。

おまけに、あの気難しいマンテーニャまでが、どこか乗り気な表情を見せているのだ。このたびの聖母画で白羽の矢が立ったマンテーニャは、口では何も言わないが、いつになく楽しげだった。そして、イザベラの顔を見ると、面白そうに笑みを浮かべるのであった。

それでもイザベラは強硬に辞退した。そして、遂にマンテーニャが、モデル無しで想像によって聖母を描く、と言ってくれた御蔭で一件落着した。

「それなら、殿様と並んでお妃様の御姿を描き入れていただきましょう。我らがマントヴァ侯妃として」

我慢のできない侍女たちは、新しい提案を出してきた。

「いいことがあるわ。せっかくそうおっしゃって下さって嬉しいんですけれど、私より、このたびの戦では日夜祈祷を捧げて下さったオサンナ修道女様の絵を描き入れていただきましょう」

ドミニコ会の修道女ベアタ・オサンナはゴンザーガ家の親族の女性で、侯爵家の人々からはマントヴァの守護聖女としてあがめられ、戦や疫病のたびに祈祷を頼まれるのであった。聡明で上品なオサンナ修道女は、不思議な予知能力を持っていると信じられ、各国の王侯からもしばしば請われて御神託を授けていた。イザベラは、何か困ったことがあればすぐ彼女に相談するのであった。

イザベラは、肩が凝って頭痛がひどい時はオサンナ修道女に祈祷をお願いしていた。控えめなオサンナ修道女は、イザベラが聖母画の件を話すと目を丸くして驚き

「とんでもございません。滅相もございません」

と固辞したが、イザベラは無理矢理頼み込んで話をつけてきた。

フランチェスコの弟たち、ジギスムントとジョヴァンニも絵の中に描き入れられることになっていたが、イザベラの話を聞いて、照れ屋の彼らはマンテーニャに頼み込み、自分たちの代わりにマントヴァの守護聖者たちの姿を描いてもらうことにした。

いよいよマンテーニャは仕事に取り掛かった。フランチェスコは、早く解放して欲しいから、と言って、真っ先に自分の姿を描いてもらった。

ところが、それが終わってからもフランチェスコは何時になくそわそわと毎日マンテーニャの仕事場へ足を運んだ。イザベラもそれについて行った。

「あっ」

イザベラは、思わず小さく叫んだ。昨日からたった一日で聖母の姿は見違えるほど出来上

がっていた。

聖母の顔を見て、フランチェスコは口を押えて笑った。

「殿！　いやです」

イザベラは、ふくれて見せた。

「ほらほら、そうするとますますそっくりだよ」

「殿！　怒ります」

イザベラは、顔を押さえて駈け出して行った。

マンテーニャは絵筆を止め、振り返って笑った。


その日の午後、イザベラはフランチェスコに呼ばれた。

扉を開けると、フランチェスコは独り机の前に坐っていた。

フランチェスコは静かに顔を挙げ、イザベラの目を見た。

「また、戦だ」

イザベラは全身の力が抜けていくのを感じた。

窓の外には雪が降りしきっていた。

「ナポリへ出兵だ。ヴェネツィアがフェランテ殿を支援することになった」

ナポリ国王フェランテ二世は、シャルル八世が退却を始めるや、亡命先のシチリアから捲土重来し、フォルノヴォの戦いの翌日ナポリへなだれ込んだのであった。フランス軍の略奪に苦しんでいたナポリの人々は熱狂的にフェランテ二世を歓迎し、ナポリの貴族は皆、フェランテ二世の旗の下に結集した。

ナポリ駐屯フランス軍の総司令官モンパンシエ公爵は退却を余儀なくされ、カラブリアの山中に立て籠もった。モンパンシエは、フランチェスコの姉キアーラ・ゴンザーガの夫で、折しもキアーラはマントヴァに来ていた。

「モンパンシエの兄上とは敵味方になってしまった。これもヴェネツィアの総督のお考えだから、どうすることも出来ない」

フランチェスコはため息をついた。

強国ヴェネツィアとの関係は、イザベラには分かり過ぎるほど分かっていた。そればかりでなく、イザベラはヴェネツィアの国内にフランチェスコを妬み、失脚を狙う者が沢山いることも知っていた。イザベラは最近、フランス軍と平和条約を締結したルドヴィコに対する批判がヴェネツィアの国内で高まっていることを聞き、フランチェスコとシャルル八世のヴェルチェッリでのあの会見について彼らが長老に何と讒言するか、不安を禁じ得なくなっていた。

イザベラは、しおれて立っていた。

「年が明ければ、すぐ出発だ」

フランチェスコはそう言ったきり、沈黙した。

１４９６年が明けた。

この度はヴェネツィアだけが出兵するので、フランチェスコは先ずヴェネツィアへ赴き、そこからナポリへ旅立つことになった。

いよいよフランチェスコがヴェネツィアへ発つ日、もうすっかり用意は出来て、皆は見送りのためお城の前に並んでいた。

イザベラは、独り急いでエレオノーラを連れに行った。

お城の一番奥にあるエレオノーラの部屋の前まで来た時、不意に階段の陰からフランチェスコが現れた。

「殿……」

イザベラは、それっきり何も言えなかった。

「泣いてもいいよ」

イザベラは、目をうるませながら、ただ首を振った。

フランチェスコは襟元からあの小さな金の十字架を持ち上げ、小さく揺らして見せた。

そして、きびすを返すとそのまま走り去った。イザベラは、声を立てずに泣き崩れた。

フランチェスコがいなくなったマントヴァで、イザベラは毎日エレオノーラを抱いて、マンテーニャの絵の中のフランチェスコに会いに行った。マンテーニャは以前にも増して無口になり、黙々と絵筆を動かしていた。

イザベラは、嘆き悲しむキアーラを慰め励まし続けた。政務室から何度も呼ばれながら、キアーラの話し相手をやめられず、顧問官たちに待ってもらうこともしばしばだった。キアーラは、イザベラが政務室から帰ってくるのを待ち焦がれていた。イザベラは毎日時間を見つけてはキアーラの部屋へ行き、心の底から話し相手になった。


5月下旬、マンテーニャの「勝利の聖母」は完成した。

イザベラとジギスムントは、盛大な式典を挙行して祝った。

6月10日イザベラは陣営のフランチェスコに手紙を書いた。

「マンテーニャ先生がお描きになりました聖母画『勝利の聖母』は、先週水曜日6月6日先生の御宅から、この度新たに建立されましたサンタ・マリア・デラ・ヴィットリア（勝利の聖母）礼拝堂まで運ばれました。

この絵は末永く、去年の戦と殿の武勇を後世に伝えることでございましょう。

行列には、今まで私がこの国に参りましてから見たこともございません様な多くの人々が集まって下さいました。私の聴罪師のフラ・ピエトロ様が荘厳ミサで素晴しい演説をなさいました。そして、心にしみわたる様な御言葉で、殿が御無事に、勝利をお収めになってお帰りになります様、聖母マリア様にお祈り下さいました。

身重の私には、とても行列に加わって歩くことは無理でございましたので、ジョヴァンニ様のボルゴのお屋敷で、行列が行き過ぎます様を拝見させていただき、すぐお城に帰りました。

お城のそばには新しい礼拝堂がございます。礼拝堂は美しく飾られ、道には人が溢れていました」

式典に参列したシジスモンドは、その有様を詳しく兄フランチェスコへの手紙に書いた。天使や十二使徒に扮した若者がマンテーニャの家の前で賛美歌を合掌し、新しい礼拝堂には沢山の蝋燭や松明が灯されて捧げ物が山と積まれ、そしてピエトロ修道士がフランチェスコに言及した途端、人々は熱狂的な歓声を挙げて感涙にむせんだ、と。

大臣のアンティマコは手紙の中で、聖母画は非の打ちどころのない傑作であると絶賛し、人々は恐ろしくなる様な勢いで絵の周りに駈け集まり聖母と侯爵の絵姿に我を忘れて見入った、と書き送った。

1496年6月13日、イザベラに女の子が誕生した。その子は、フランチェスコの亡き母の名をもらってマルゲリータと命名された。

イザベラは、喜びの中にも失意を隠すことが出来なかった。いけないと思いながらも、この子が男の子だったら……という思いが頭をもたげるのを抑えることが出来なかった。この国に来て6年になるのに、まだ世継ぎが授からないということは国の存亡に関わる重大事であった。ミラノの公子たちのことを思うと、イザベラの心は千々に乱れた。イザベラは、すやすやと寝息を立てているマルゲリータの顔を見て涙することがあった。

意外にも、フランチェスコは手放しに喜んだ。この様な人物は、この15世紀のヨーロッパを隅々まで探しても珍しかった。フランチェスコは、イザベラに生き写しのエレオノーラを盲愛していた。そして、マルゲリータが父親似で、しかもエレオノーラに負けないくらい可愛いと聞かされ狂喜した。

フランチェスコは、イザベラの嘆きを知って即座に手紙を書いた。

今に必ず神様が男の子を授けて下さる、と。

マルゲリータは、透き通る様な肌をしていつもすやすやと眠り続けた。

カラブリアの戦いは、イザベラが危惧した通り、長引き、泥沼に陥っていった。両陣営双方が深く傷つき、消耗し尽くした。

7月29日、遂にモンパンシエは主要都市アテッラを明け渡した。

そして、その直後、モンパンシエは重病に陥ったのである。敵に対して常に礼を払うことを信条としていたフランチェスコは、丁重にフランスの陣営に医師とお見舞いの品を送った。この行いに両陣営は強く心を打たれ、モンパンシエは涙を流して感じ入った。

しかし、ヴェネツィアの国内では、フランチェスコを妬む者がこぞって、これこそフランチェスコ・ゴンザーガの裏切り行為、と総督に讒言したのである。

フランチェスコはナポリへ戻る道、ローマへ立ち寄り法皇アレッサンドロ六世と会見した。

法皇は非常に好意的にフランチェスコを出迎え、黄金の薔薇を贈った。

酷暑を迎えマントヴァでは、マルゲリータの体力が衰えを見せ始めた。イザベラは胸も潰れる思いで、つきっきりで看病した。

「私があの様なことを考えたばかりに……神様、これは私へのお裁きでございますか？」

イザベラは涙に暮れて、必死で祈った。

「神様、どうか私の命をお取り下さい。この子は何の罪も無いのです。私の命と引き換えに、マルゲリータをお助け下さい」

イザベラは、一心不乱に祈り続けた。

マルゲリータは寛解と悪化を繰り返し、一進一退の日々であった。イザベラはそのたびに、嬉し涙を流し、絶望の淵に突き落とされた。イザベラは、マルゲリータのゆりかごから一時も離れず、ほとんど眠らず、食事も喉を通らなかった。イザベラの顔は痩せ、修道女の様に青白かった。

「お妃様、ナポリから早馬でございます」

慌ただしく侍女が駈け込んできた。イザベラは驚いて立ち上がった拍子に目の前が暗くなり、倒れそうになった。イザベラは、危うく侍女に支えられた。

「お妃様……」

「有難う。本当にもう大丈夫です」

イザベラは蒼ざめた顔で、しかし落ち着いた足取りで、きぬずれの音をさせながら夏の居間に向かった。

使者は、汗でしとどであった。

「大変お待たせ致しました」

イザベラは静かに席に着いた。

「お妃様、殿様が瀕死の御病気でございます」

その瞬間、すっと気が遠くなった。それでも必死でもちこたえ、イザベラは意識を失わなかった。イザベラの顔は、さらに蒼白になった。

「お妃様、何卒一刻も早くお越しを」

使者はたたみかけた。イザベラは窓の外に目をやった。

部屋の中は沈黙が流れ、蝉しぐれだけが聞こえた。

イザベラは、涙をためて使者に向きなおると言った。

「私は参ることが出来ません。鬼と思って下さい。私は参ることが出来ません。マルゲリータが死にそうなのです」

イザベラは、そのままはらはらと涙を流した。使者も侍女もうつむいて泣き出した。

日は西に傾きかけていた。

「わかりました。私はナポリへ戻ります。殿様は、明日にもフォンティに移られます」

「フォンティに？」

「はい。殿様は昔、占いで『ナポリで死ぬ』と言われましたそうで、明日にも担架でフォンティに」

イザベラは、目を閉じた。

使者は少し休むと、馬を替えて帰って行った。

その夜、イザベラはマルゲリータの枕元で独り静かに祈りを捧げた。もう、この身は、地上に生きながら我が身ではない様に感じられた。

数日後もたらされた報せは、さらに悲痛なものであった。フランチェスコの病状は悪化の一途を辿り、遂に彼はヴェネツィアの貴族パオロ・カペッロをフォンティに呼んで、自分の亡き後は妻子を頼むと総督に伝えて欲しい、と告げたのであった。

イザベラは、ただもう祈り続けた。もはや祈りの言葉は定かではなく、涙に暮れながらただ手を合わせ続けた。それでも、言葉は失っても、その心は祈りそのものだった。

暫く報せが途絶えていたが、９月中旬になってやっと早馬が来た。それによると、フランチェスコは僅かに持ち直し、マントヴァに向けての旅路に就いたとのことであった。しかし、まだ予断を許さぬ病状で、旅は中断の連続であり、今、南イタリアのどのあたりにいるのかも定かではなかった。

マルゲリータの命は、日に日に消え入る様に衰えていくのが感じられた。

明け方の光の中で、マルゲリータの顔は透き通る様に青白く、安らかだった。

「ああ、天使の様だわ」

イザベラは、とめどなく涙を流した。

9月23日マルゲリータ死去。

僅か100日の命であった。

数日後、イザベラはシジスモンドに付き添われ旅に出た。南イタリアを目ざして、イザベラは手紙を手がかりにフランチェスコを訪ねあるいた。

先ず、ラヴェンナの町を探したが、どこにもそれらしい人物を見たという人はいなかった。

フランチェスコはまだ、ここまで到っていないのであろう。

イザベラとシジスモンドはさらに南を探すため、アドリア海沿岸の街道を南下した。

次に訪れたのはリミニの町であった。しかし、ここにもフランチェスコを見たという人は無かった。

その夜、イザベラは熱を出した。

「姉上は、この町で御養生下さい。私たちが兄上を探しに参ります」

シジスモンドの声には真心がこもっていた。

「この先は、今までにも増して苦しい旅路と聞いて居ります。今の姉上のお体には無理です」

「そうです、お妃様。どうか私たちにお任せ下さい」

従者も口々にそう言った。

イザベラは、袖で顔を覆って泣いた。

「今の私には、もはや、いとうべき我が身はございません」


夜が明けると、イザベラはまた馬車に揺られて旅を続けた。

一行は南下を続け、ペーザロに到った。イザベラは数年前エレオノーラの誕生を祝ってロレートへ巡礼した折り、この地に立ち寄った時のことがまざまざと甦り、悲嘆に胸が引き裂かれた。イザベラは、この町にフランチェスコがいるのではないかと思った。

「姉上は馬車でお待ち下さい」

「お妃様は、御病気ではございませんか」

皆は必死で止めにかかったが、イザベラは振り切って馬車から降り、町の中へあくがれ出でた。

フランチェスコは、きっと街道沿いに天幕を張って宿泊しているに違いない。イザベラは道のそばの広場という広場を探し歩いた。しかし、どこにもフランチェスコの姿は無かった。イザベラは、大人や子供や沢山の人々に尋ね歩いたが、誰も知らなかった。

フランチェスコは、この町にも来ていなかった。

「南から来た巡礼なら知っているかもしれない」

イザベラは、道を行く巡礼をつかまえては、フランチェスコを知らないか、尋ねた。イザベラは町中を歩いて、一人一人の巡礼者に聞き歩いた。しかし、誰一人フランチェスコを見たという人は無かった。

一行は、さらにセニガリアを訪ねた。しかし、何の手がかりも掴めなかった。

イザベラは、不安がこみ上げてきた。

フランチェスコは本当にこの道を北上しているのであろうか。それともどこかで容体が悪化し足踏みしているのか……次々に恐ろしい光景が心に浮かび、イザベラは胸が張り裂けそうになった。

イザベラは、たまらなくなってエリザベッタに手紙を書いた。

夜が明けると、一行はセニガリアを発った。

イザベラは、道々行き違いにならない様、馬車の窓から見つめ続けた。

いつしか10月になっていた。

やがてイザベラとシジスモンドはファーノに着いた。そこには、エリザベッタが待っていた。そして、エリザベッタも一緒に町中尋ね歩いたが、遂に手がかりは掴めなかった。

イザベラは、もう絶望的だと思った。この広いイタリアで、フランチェスコは異なる道を北上しているのであろう。或いは、どこか南イタリアの一隅で、今、最期の息を引き取りつつあるのかも知れない。

イザベラは、まんじりともしなかった。


夜が明け、イザベラは何の望みも無いままファーノを発ち、アンコーナに到った。しかし、遂に手がかりは掴めずじまいだった。

「エリザねえ様、本当に有難うございました。でも、もう無理です。私は、マントヴァに帰ります」

イザベラは涙ながらに言った。

「そう」

エリザベッタはそれ以上何も言えず涙ぐんだ。

「どうか、御気を強くお持ちになって」

別れ際にエリザベッタは、やっとそれだけ言った。イザベラは、涙に暮れて何も見えなくなった。

そのままエリザベッタは西へ、イザベラは北へと別れて帰途に就いた。

馬車は寂しく車輪の音を響かせて、夕暮れの道を北へ向かった。

イザベラは、力の無い死んだ様な目を窓外に向けた。


イザベラは、はっとした。

誰かが遠くから呼んでいる。イザベラはとっさに馬車の窓から身を乗り出した。

見ると、過日、最初にナポリから来たあの使者が馬を駆ってこの馬車を追って来るではないか。

「止めて」

鞭のうなりとともに馬車はぴたりと停止した。

「ああ、間に合った。お妃様、殿様が今アンコーナにお着きになりました」

「えっ」

「お妃様が今しがたアンコーナをお発ちになったとお聞きして、全速力で参りました。さあ、早く。御案内致します」

そう言うや、使者は馬に一鞭当てると、また全速力で今来た道を引き返した。馬車は急いで方向転換すると、その後を追った。

アンコーナの町はずれまで来ると、さっきは無かった天幕が幾つも並んでいた。イザベラは、その中央の一番大きな天幕に丁重に案内された。

我を忘れて中へ駈け入ったイザベラは立ち尽くした。寝台に横たわっているフランチェスコは頬はこけ、目は落ち込み、別人の様に蒼ざめた顔であった。

イザベラは枕元に跪き、目にいっぱい涙をためてフランチェスコの顔を見た。

フランチェスコは顔をこちらへ向けた。

「痩せたな」

フランチェスコは力の無い声で言った。イザベラは涙が一気に溢れ、フランチェスコの胸の上に身を投げ出して泣き崩れた。


イザベラは、ずっとフランチェスコの枕元に坐り続けた。

「お妃様、もうお休み下さい。後は私が致します」

夜、あの使者の若者が言った。

「どうも御親切に。でも、私はこうしているのが一番落ち着くのです」

「お妃様はお疲れです。お身体を壊されます」

若者は誠実な態度で言った。

「あの……まだ貴方のお名前は聞いて居りませんでしたね」

「私は、アントニオ・アルベルティと申します」

「アントニオ殿、この度は本当にいろいろと有難うございました。これより後も、殿をよろしくお願い致します」

アントニオは頬を染め、感極まった様子であった。

イザベラは、アントニオを休ませ、自分はフランチェスコの枕元に坐り続けた。燭台の蝋燭の火が、ゆらめきながらその寝顔を照らしていた。

夜半、フランチェスコは何度か目を覚ました。そして、枕元のイザベラの顔を見ると、また眼を閉じて寝入った。

天幕の外では松の枝を吹く風の音が夜通し聞こえた。


夜が明けると、アントニオは肩を貸してフランチェスコを馬車に乗せた。フランチェスコは座席に横たわり、イザベラとシジスモンドはその向かいの座席に座った。

「姉上はゆうべ寝て居られませんから、今お休み下さい。兄上は私が見ています」

シジスモンドはそう言ってくれた。イザベラは、はっと気がつくと眠っていたことが何度かあった。

馬車は病人を気遣って、のろのろと北へ向かった。

単調な車輪と蹄の音を聞きながらイザベラは、これが夢か現か、いつの世に自分がいるのかも分からない様な、気の遠くなる思いがした。

フランチェスコは時折り目を開けたが、すぐにまた眠ってしまった。

馬車は何日も旅を続けた。

夜は兵士たちは皆、天幕で寝たが、イザベラは重病人を動かさないほうがいいと思って、フランチェスコを夜も馬車で寝させ続けた。

外は満天の星空であった。


馬車はまた何日も旅を続けた。

途中、幾つも川を渡った。時折り窓外に目をやると、見渡す限り乾いた葡萄畑やオリーブ畑が続いていた。


やがて馬車はラヴェンナに到り、そこで一行は船に乗り換えた。

船は晩秋のポー川を遡って行った。

暗い船室でイザベラはフランチェスコの枕元に坐り続けた。

フランチェスコは時折り目を覚ましたが、ほとんど喋らなかった。


静かな夜であった。

船に弱く打ち寄せては引く波の音が、胸にしみる様に心細く聞こえた。イザベラは、暗い川面が見える様な気がした。フランチェスコも目を開け、それに聞き入っている様であった。

「マルゲリータは?」

だしぬけにフランチェスコは言った。イザベラは、ただ目に涙を浮かべた。

それを見て、フランチェスコはまた目を閉じた。


マントヴァに帰り着くと、フランチェスコの病気は徐々に回復していった。

そして、やっと歩ける様になると、フランチェスコはすぐ任務の遂行にかかった。


11月21日フランチェスコはヴェネツィアに赴いた。

そこで彼は凱旋者として熱狂的に華々しく歓迎された。

チョギアでは、両院議員全員が威儀を正してフランチェスコを出迎え、マルモッコの砦では総督および各国の大使が全員正装して待っていた。

聖マルコ寺院の大きな扉がフランチェスコに敬意を表して開け放たれ、ミサの後、フランチェスコは立派な船で大運河を遡ってサン・トロヴァソの宮殿へ案内された。

沿道は一目フランチェスコを見ようと詰め掛けた人々で溢れ、熱狂的な歓呼の声が町中に反響した。

翌日、フランチェスコは総督にカラブリアの戦いの一部始終を報告した。

身動きもせず聞いていた総督は、フランチェスコが話し終えると、満足そうに笑みをたたえて力いっぱい両手でフランチェスコの手を握りしめた。

しかし、この栄光は、フランチェスコを妬む者の心を一気に燃え上がらせた。彼らはじっと機を伺った。

数日後、ナポリから悲報がもたらされた。フェランテ二世の死去である。若き勇敢なナポリ王は、父祖の国を奪還した喜びをかみしめる間もなく、数日の病の後に世を去ったのであった。フェランテは、イザベラには従兄に当たった。そして、ナポリで共に戦って以来、フランチェスコとフェランテは固い友情を誓っていた。イザベラもフランチェスコも悲嘆に暮れた。あまりにも華々しく、あまりにも若かったフェランテの死に二人は涙が涸れるまで泣いた。


悲報は続いた。

遂にモンパンシエ公爵が亡くなったのである。

「どうか、姉上を慰めておくれ」

フランチェスコは悲痛な声で言った。

イザベラは、言葉を失った。涙に暮れるキアーラを前にイザベラは、慰めることなど出来ないと思った。この悲しみを他の人間が癒すことなどできないと思った。イザベラは、頭を垂れてキアーラのそばに座り続けた。それでもキアーラはイザベラに感謝しているらしかった。言葉の端々にそれが窺えた。

年の暮れ、キアーラはフランスへ帰った。

1497年が明けた。

長く続いた喪も終わりを告げ、やっと新しい年になった。

お城では毎年の様に新年の舞踏会が催された。広間には無数の灯りがともされ、真昼の様な明るさだった。そして、夕方から沢山のお客様が馬車で続々と詰め掛けた。

広間には音楽が流れ、人々は舞踏に興じた。

あたりはいつか夜のとばりが降りていた。

そして、夜が更けるにつれ、舞踏会はいよいよたけなわになっていった。

「お妃様、ちょっとワインのことで」

侍女が耳打ちしたので、イザベラは急いで奥へ行った。

「ああ、それならこちらの白ワインをお出しして下さい」

「はい、かしこまりました」

イザベラは、きぬずれの音をさせながら、また広間へ戻って行こうとした。

その時、突然、音楽が止まった。

それに続いて、人々のざわめきが起こった。

イザベラは言い様の無い胸騒ぎがして、急いで広間へ行った。

フランチェスコが蒼白の顔をして立ち尽くしていた。

「ベアトリーチェ殿が……ベアトリーチェ殿が」

フランチェスコの唇が震えた。

イザベラは大きく目を見開き、くい入る様にフランチェスコの顔を見上げた。

「亡くなられた」

その瞬間、イザベラは意識を失った。


気がつくと、枕元でフランチェスコが心配そうに見つめていた。

フランチェスコは侍女たちを去らせた。

二人だけになると、堰を切った様に涙が流れた。フランチェスコは何も言わずに深いまなざしで見ていた。イザベラは、身も世もなく泣き続けた。

やがて、フランチェスコは静かに出て行った。

厚いカーテンを通して、夕暮れの光が重苦しく部屋を包んでいた。


明け方、イザベラは寝台から起き出した。

この薄青い光……イザベラの心は震えた。

「どこにも　いないの」

イザベラは、魂が消え入る様な気がした。

朝、フランチェスコが静かに入って来て、何も言わずに枕元に坐った。

「体の半分を」

イザベラは、遠くを見る様な目で言った。

「体の半分を、失ったみたいなの」

イザベラは涙を流した。

「私はベアトリーチェと8年間も離れ離れだったの。子供の時」

フランチェスコは涙を浮かべて聞き入った。

「でも、この先、ずっとずっと人生があると信じていたわ。その8年を埋める人生が」

イザベラは泣き崩れた。

「この世は、無意味よ」

フランチェスコは、無言のまま首を垂れた。


夕方、イザベラは起き出して窓辺に立った。

夕日が空を茜色に染めていた。

「遠い国へ行ってしまったのだわ」

イザベラは、とめどなく涙を流した。


夜明けにフランチェスコが入って来ると、イザベラはまだ泣いていた。

「イザベラ」

フランチェスコは思いつめた声で言った。

「イザベラ、君は幸せにならなくちゃいけないんだ」

イザベラは驚いてフランチェスコの顔を見た。

「君が幸せにならない限り、ベアトリーチェ殿も幸せにはなれないんだ」

フランチェスコの目には涙が光っていた。

「イザベラ、君はヴィルギリウスを、プルタークを、どう思う？　彼らは永遠の命を与えられているじゃないか。ベアトリーチェ殿だって……ベアトリーチェ殿だって、永遠にこの地上に生き続けることが出来るんだ。21歳で終わりではないんだ」

イザベラは驚きのあまり声も出なかった。

「イザベラ、立派になれ。君が立派になればベアトリーチェ殿の名だって残る」

「そんなこと無理です」

「無理かどうかはやってみなくちゃわからないじゃないか」

イザベラはさめざめと泣いた。フランチェスコは黙って首を垂れた。

やがて顔を挙げると、イザベラは静かに言った。

「私は、これからベアトリーチェを探して生きていきます」

夜明けの透き通った光が部屋に満ちていた。

6月24日、フランチェスコはヴェネツィアに上陸した。総督から、戦に備えて準備を始める様、依頼を受けたのだ。

サン・トロヴァソの宮殿に着くと、ゾルゾ・ブロニョロが待っていた。

フランチェスコは笑みを浮かべて歩み寄ろうとした。

不意にゾルゾは、手に持っていた紙を読み上げた。

「閣下をヴェネツィア共和国総司令官の地位より解任する。

1497年6月23日　十人委員会」

ゾルゾはそれだけ読み上げると出て行った。

フランチェスコは茫然と立ち尽くした。

総督の要請でフランチェスコはヴェネツィアへ赴いたのだが、到着の前日、十人委員会が解任を可決したのであった。

フランチェスコはすぐさま飛び出すと馬に乗り、大運河沿いの道を全速力でサン・ジョルジョ・マッジョレ教会に向かった。

フランチェスコは教会に駈け込んだ。やがて行政長官が現れた。

「今すぐ、今すぐ総督に会わせて下さい。どうしても確かめねばならないことがあります」

行政長官は、眉一つ動かさず言った。

「総督にお会わせするわけにには参りません」

その頃イザベラは、フランチェスコの要請でヴェローナを訪れていた。そして行く先々で歓迎の人々を魅了していた。ヴェネツィアの総督は、イザベラのために指令を発した。マントヴァ侯妃にどこまでも礼を尽くし手厚くもてなす様に、と。それればかりではなく総督は、侯妃がヴェローナに滞在を続ける限り、その饗応のため日々25ドゥカーティを支給する様、命じた。

ヴェローナ滞在中、イザベラの前でフランチェスコ解任のことを口にする者は誰も無かった。


数日後、イザベラはマントヴァに帰った。

お城の前まで来ると、夜なのにフランチェスコの部屋の窓には灯りが無く、イザベラはどうしたのかと思った。裏玄関に入ると、イザベラは何かただならぬ空気が流れているのを感じ取った。

イザベラは、フランチェスコの部屋へ急いだ。

扉を開けると、ただ1本の蠟燭が灯されているきりで、フランチェスコは魂が抜けた様に坐っていた。

「解任された」

「えっ」

「ヴェネツィアの総司令官を解任された」

イザベラは我が耳を疑った。

あれほど華々しい勝利を収め、ヴェネツィア中で英雄と謳われ、そして何より総督から格別の信任を受けていたフランチェスコが。

それに、このヴェローナ滞在中も総督は非常に好意的な心遣いを見せてくれていた。

「裏切った、と言うんだ」

「どういうことです」

「フランス王と密通していると」

「殿、総督がそうおっしゃったのですか?」

「いや、総督には会わせてくれなかった」

イザベラは、息を飲んだ。

「陰謀です。あの人たちの陰謀です。総督は殿を信じて下さって居られました。まだ23歳だった殿を総司令官に御抜擢下さったのも、そして、殿が武勲を立てられますたびに我がことの様に一番お喜び下さったのも、総督だったではございませんか。まるで御自分の御子息のことの様に。『あれは大した奴だ。やっぱり、わしの目は高い』が総督の口癖でした。それを激しい妬み嫉みの目で見ている人間がどんなに沢山あの国にいたか、殿もよく御存知のはず」

イザベラは続けた。

「そればかりではございません。ヴェネツィアの国内で殿の人気が高まり、人々が称賛して下さるたびに、彼らはどんな思いで殿の失脚を願ったか、私はよく聞いて居ります。殿は戦場にいらして御存知なかったかも知れませんが、捕虜になられたバスタル・ド・ブルボン様に私が礼を尽くしておもてなし致しましたことも、そして重病に陥られたモンパンシエの兄上に殿が陣中見舞いを贈られましたことも、彼らはことごとく、フランス寄りのマントヴァ侯の裏切り行為だと言って騒ぎ立てたのでございます」

フランチェスコは、驚いて顔を挙げた。

「フランス王と密通ですって？　そんなこと、あの人たちなら何とでも捏造するでしょう。第一、キアーラお姉様の亡き御夫君モンパンシエ公爵はフランス王の従弟でいらっしゃいました。お姉様とのお手紙まで、その気になれば何とでも申すことは出来ます。『マントヴァ侯がフランスの王族と文通している』とか」

フランチェスコは呆気に取られてイザベラを見上げた。


翌日、アルフォンソが馬で駈けつけた。

「お姉様、すぐフェラーラに。お父様も待っています。このたびのことを相談しましょう」

不眠不休で馬を飛ばして来たアルフォンソは、苦し気に肩で息をしながら言った。

イザベラは、悲嘆に暮れるフランチェスコを独り置いていくことが心配でならなかった。フランチェスコは勇猛果敢である反面、非常に壊れ易い一面を持っていることをイザベラは知っていた。イザベラは後ろ髪を引かれる思いで船に乗った。


フェラーラでは、沈痛な面持ちの父が出迎えた。そして、父とイザベラとアルフォンソの3人で話し合いを始めたが、イザベラはその間もフランチェスコのことを思うと気が気ではなかった。

結局、何も結論を見い出せないままイザベラはフェラーラを後にした。

帰りの船の上でイザベラは、或る決意をした。

マントヴァに帰り着くとイザベラはフランチェスコの部屋へ走った。

扉を開けた途端、イザベラは立ちすくんだ。暗い部屋の中でフランチェスコは独り、真っ黒な服に身を包んで座っているのだ。その顔は蒼くやつれ、目は死人の様だった。そして、何より痛々しかったのは、首にはめられた鉄の輪だった。それが何を意味するものかイザベラには分からなかったが、途方もないフランチェスコの悲しみがイザベラの目にしみた。

「殿」

イザベラは歩み寄り、フランチェスコの足元に跪いた。

「殿、どうか私とエレオノーラを、ヴェネツィアへ人質に出して下さいませ」

フランチェスコは深い驚きの色を見せたが、すぐ首を振った。

「そんなことは……そんなことは、命に代えても出来ない」

イザベラは、目に涙をためて言った。

「殿、何としても総督に、殿の誠意を、真実を、お分かりいただかねばなりません。そのためには、私はどうなっても構いません」

フランチェスコは涙を浮かべて首を振った。

「殿、お願いでございます。たとえ駄目でも、私は何もしないまま手をこまねいていることは死ぬより辛うございます」

そう言って、イザベラは涙を流した。

遂にイザベラの熱意に押し切られ、フランチェスコは身を刻まれる思いでヴェネツィアへ旅立った。人質の申し出をするために。

イザベラはエレオノーラを抱きしめて、フランチェスコの船が見えなくなるまで船着き場に立ち尽くしていた。


しかし、フランチェスコは総督との面会を許可されなかった。

そればかりでなく、総督への贈り物も全て持って帰る様に言われた。

イザベラの懇願により、フランチェスコはその夏中、何度もヴェネツィアへ足を運んだが、遂に総督に会うことも贈り物を届けることも許可されなかった。


イザベラは、或る晩フランチェスコを探した。部屋にいないのだ。お城の中を隅から隅まで探したが、フランチェスコの姿はどこにも無かった。

イザベラは外に出た。そして、お城のめぐりを探し歩いた。

「あっ」

フランチェスコは暗い庭で独りたたずんでいた。その後ろ姿は、風に震える木の葉の様に寂しげに見えた。イザベラは、声を掛けることが出来なかった。

「君か」

フランチェスコは振り返って嘆息をついた。

あたりは虫の音がしきりだった。

「昔のことを思い出していたんだ」

「殿」

イザベラは、涙が出そうになるのを抑えて言った。

「どんなに不本意に、不幸に思うことがあっても、心の正しい人間には、必ずそれがいいことになって返ってくるんです。殿、明るくしていれば、必ずいいことになって返ってくるんです。悪い人が長続きしたことはございません。きっと、総司令官として今一度御出陣なさいましたら、殿は御命を落とされたのでございましょう。私は、そんな気が致します」

イザベラは、頬を染めた。

「殿は、マントヴァの殿でいいのです。それだけで」

フランチェスコは頭を垂れた。

やがて顔を挙げると、フランチェスコはいたずらっぽい目で言った。

「マントヴァの？　マントヴァだけの？」

イザベラは、目をうるませながら微笑んだ。

「マントヴァと、そして私の」

フランチェスコは笑みを浮かべ、乱暴にイザベラの肩に手を掛けると、二人で連れ立ってお城の中に入って行った。

イタリア戦争に関わるフランス国王

＊シャルル八世：ヴァロア朝第8代国王　在位1470〜1498年

＊ルイ十二世：ヴァロア朝第9代国王　在位1498〜1515年
父は詩人としても有名なシャルル・ドルレアン

Ⅲ

身命を賭して

第14章　ミラノ陥落

翌1498年4月、イタリアは重大な運命の転機を迎えた。

ミラノ公ルドヴィコ・スフォルツァからの手紙を読むイザベラの手が震え、顔はみるみる蒼白になっていった。

「イザベラ、どうした?」

イザベラは手紙を差し出した。フランチェスコは引き取ると、食いつく様に読み始めた。

「……フランス国王シャルル八世陛下崩御」

フランチェスコの顔から一気に血の気が引いた。

「……王に御世継ぎ無く、ルイ・ドルレアン公即位したもう由承り候……はや我が命運も極まれりと」

ルドヴィコは、ミラノが狙われていることを知った。新国王ルイ十二世は、スフォルツァ家によって倒された元のミラノ公爵ヴィスコンティ家の末裔であり、ミラノの支配および北イタリアの征服という大きな野望を抱いていたのだ。

フランチェスコは戦慄が走るのを覚えた。3年前、対仏大同盟の総大将としてオルレアン公ルイをノヴァーラで包囲し、遂に陥落させた時のことがまざまざと脳裡に甦った。あのルイが今、王位に就き、虎視眈々と機会を伺っているのだ。

ルドヴィコは即座に神聖ローマ皇帝マクシミリアンと同盟を結んだ。

そして、この新しい同盟軍の指揮官をフランチェスコに依頼してきた。


「殿、どうしても駄目でございますか？」

「落ち着いて考えてみて。それは僕だって、出来る限りのことはして差し上げたい。でも、これだけは無理だ」

「殿、後生でございます」

「どうして……どうして、分かってくれないんだ。聡明な君が。これは、絶対に勝ち目の無い戦なんだ」

イザベラは、涙を浮かべた。

「私は、どうしてもルドヴィコ様をお見捨てすることは出来ません」

フランチェスコは何も言えなかった。フランチェスコは何時もイザベラを賛嘆の目で見ていた。どんな男性も真似のできない不思議な力の持主だと信じていた。イザベラは、この8年間にマントヴァの名を一気にヨーロッパ中に知らしめた。誰からも愛され、どんな難しい相手も説き伏せ、そして絶えず周りの人間に信念に満ちて希望を説くイザベラ。フランチェスコは、自分があの数多の勝利を収めることが出来たのもイザベラの御蔭だと信じていた。そして、フランチェスコは、イザベラのこの不思議な力の根源にあるのが愛情深さだと知っていた。これがイザベラを何事も愛さずにはいられない思いへと駆り立て、全てのことに全身全霊で打ち込ませ、そして人の心を打つのだ、と。

今、あらゆるイタリアの諸侯が、窮地に立つルドヴィコから離れて行こうとする時に、イザベラは独りルドヴィコを見捨てることが出来ないと言う。

フランチェスコは、目をつむって受諾書に署名した。

ルドヴィコは狂喜し、是非マントヴァへ行きたいと書いて送った。直接会って御礼が言いたい、と。

マントヴァでは、ミラノ公を迎えるための支度で大騒ぎになった。

イザベラは、ルドヴィコがベアトリーチェのためにまだ喪服を着ていることを聞いて涙がこみ上げた。そんなルドヴィコに、涙を振り払って前向きに生きる自分の思いが、ベアトリーチェへのこの自分の思いが理解してもらえるだろうか、と思うと心が暗然とした。

「私はもう泣いていない。喪服も着ていない。でも、それはベアトリーチェへの思いが浅いからではない。私が精いっぱい明るく生きようとしている姿を御覧になってルドヴィコ様が『自分には、やらねばならないことがあった』と思い出して下さいます様に」

イザベラは、そう祈った。

ルドヴィコは悲しみのあまり自らの棺を作らせ、今はただ未来永劫ベアトリーチェの横に眠ることをのみ願っていると聞いていた。

6月8日イザベラはミラノに派遣した秘書のカピルピに手紙を書いた。

「閣下の御滞在中は、私の部屋を全て明け渡して、閣下の御使用に供します。『フレスコの間』と、その前室『日輪の小部屋』、そして格天井の部屋、その他です。閣下には、格天井のお部屋にお泊りいただこうと考えて居ります。

ここには黒と紫の壁飾りを用意致します。閣下はまだ喪に服して居られるとお聞きしましたが、黒一色に致しますより、少しでも御心を和ませて差し上げたいと思うゆえでございます。そして、この折りだけでもしばし悲しみをお忘れいただきたいという私たちの切なる願いを表したかったのでございます。

でも、このことを一度、ご相談いただけませんでしょうか？　もし、直に閣下にこの様なことを申し上げるのは良くないとお考え下さいますなら、ヴィスコンティ様およびフェラーラの使節アントニオ・コスタビリ様にお話し下さいませ。そして、その方々の御意見をお知らせ下さいませ。たとえ閣下が御自分のお気に入りの壁掛けを持ってお越しになる様なことがございましても、こちらで全く壁飾りを用意致しませんのは不都合かと存じます。

それから、前にもお願い致しましたが、閣下が日々どの様なワインを召し上がるか、そして私は如何なる服を、やはり黒い服を着ますべきか、お知らせ下さいませ」

ルドヴィコは、このイザベラの心遣いに深く心を打たれた。そして、自分がどんなに感激したか、率直に手紙に書いてきた。

数日後イザベラが過労から熱を出したと聞くと、ルドヴィコはすぐ自分の道化師バローネを呼び、面白い芸で侯妃をお慰めする様申しつけてマントヴァに遣わした。

6月27日ルドヴィコは1000人の従者を従えてマントヴァに入城した。

ルドヴィコは何よりも宮殿の壁という壁を覆い尽くす見事なフレスコ画と、ストゥディオーロに集められた珠玉の芸術品に驚異の目を見張った。

「いつの間に……」

ルドヴィコは絶句した。

やがて、イザベラの方に向き直ると、ルドヴィコはしみじみと言った。

「羨ましい。貴女の若さが。そして、この国の若さが」

ルドヴィコは椅子に掛けた。

「ミラノは大木です。しかし、もう老木です。倒れるを待つだけの」

イザベラは、首を振った。

「侯妃、何故、貴女は何故見捨てないのです？　イタリア中がミラノから、このルドヴィコから離れていこうとする時に」

イザベラは、目に涙をためた。

「紫のゆかりでございます」

ルドヴィコは顔を挙げた。

「一本《ひともと》の紫草を愛すれば、同じ野に咲く花はみな愛惜せずにはいられません」

イザベラの頬を涙が伝った。

ルドヴィコはうつむき、声を立てずに肩を震わせた。


フランチェスコはルドヴィコのために数々のトーナメント（騎馬槍試合）や喜劇を催した。ミラノの廷臣たちは、公爵がこんなに明るい顔をして笑ったのは一年ぶりだ、と言った。

3日間の忘れ難い滞在を終え、ルドヴィコは何時までも船の上から手を振りながらミラノへ帰って行った。


11月初旬、フランチェスコとルドヴィコの間に協定が調印された。

ルドヴィコはイザベラの尽力に感謝し、心を込めて御礼状を書いた。


1499年が明けた。

「早馬でございます。お妃様からの早馬でございます」

「何っ」

フランチェスコは立ち上がった。

イザベラは今、フェラーラにいた。

フランチェスコは手紙を受け取るや、荒々しい手つきで封を切った。

「ヴェネツィア・フランス間に条約締結との急使が、ただ今フェラーラに到着しました。一刻も早く御耳に入れたく、早馬送ります」

フランチェスコは頭を強打された様な気がした。


事態はとどまるところを知らなかった。

ルイ十二世は、法皇の息子チェーザレ・ボルジアに援助金と爵位を与え、ローマを味方に引き入れた。さらにフィレンツェとも手を結び、完全なミラノの孤立化を図った。


5月、遂にフランチェスコは極秘にルイ十二世と会見し、剣を預けた。

王は喜び、聖ミカエル勲章を贈呈した。


イザベラは、ただひたすらルドヴィコのために祈り続けた。

秋になり、イザベラは風にも虫の音にもミラノを思い、涙を抑えることが出来なかった。


「イザベラ、イザベラ」

揺り起こされてイザベラは薄目を開けた。

「あっ、殿」

イザベラは、枕元のフランチェスコにしがみついた。

「どうだ、具合は」

侍女たちも心配そうに取り囲んでいた。

「ミラノが……ミラノが燃えているんです」

イザベラの唇は蒼白だった。

「可哀想に。君は夜中に高熱を出してうなされていたんだ」

その時、部屋の扉が激しく叩かれた。急いで侍女が開けに行った。

侍女は、後ずさりした。

泥まみれの若者が両肩を抱えられて担ぎ込まれたのだ。一気に部屋中に硝煙のにおいが立ち込めた。

「ミラノよりの急使でございます」

イザベラは、息を飲んだ。

「昨日、ミラノが、ミラノが陥落しました」

部屋はどよめきに包まれた。

「スフォルツァ家の傭兵隊長トリヴルツィオが裏切ったのです。トリヴルツィオはフランス軍の手先となり、先頭を切って侵入しました。ミラノ公はベアトリーチェ様のお墓に立ち寄られ、最後のお別れをおっしゃると、いづこへともなく落ちて行かれました」

いつかあたりはすすり泣きに変わっていた。

イザベラは、或る晩フランチェスコに呼ばれた。フランチェスコは、何通かの手紙を見せた。

「マントヴァへの亡命の要請なんだ。スフォルツァ家ゆかりの人々から」

イザベラは、うつむいた。

「他の国々は、フランスを恐れて拒否している」

フランチェスコは立ち上がり、窓辺に歩み寄った。

「僕は」

フランチェスコは、暗い外を見た。

「僕は受け容れようと思う」

イザベラは驚いて顔を挙げた。

「もう、乗り掛かった舟だ。困った人を助けて神様がお見捨てになるわけが無いって、君はいつも言ってるだろう」

フランチェスコは振り返った。

「私のために、私のためにそうおっしゃって下さるのですか?」

「違う。僕の考えがそうなんだ。君と一緒にいるうちに、いつの間にか僕までそんな人間になってしまったんだ」

フランチェスコは笑った。

「僕はどこまでも君と一緒だ。それで駄目なら悔いは無い。死出の旅路も一緒に行こう」

フランチェスコはイザベラの目を見た。

「万に一つの折りは、エレオノーラのことはエリザベッタに頼もう」

第15章　レオナルド・ダ・ヴィンチ

その年の秋から冬にかけて、沢山の人々がミラノから亡命してきた。その殆どがスフォルツァ家の親族、廷臣、そしてルドヴィコに仕えた芸術家や学者たちであった。

イザベラは、国を失って亡命して来た人々の悲しみに胸が締めつけられる思いで、誠心誠意もてなした。

既に心は決まり、フランチェスコもイザベラも秋の空の様な明るさをたたえていた。

「イザベラ、大変な人に会わせてあげよう」

ミラノから来た子供たちにせがまれてトランプをしていると、フランチェスコが入って来た。

イザベラはフランチェスコに入れ替わると、急いで冬の居間へ行った。

50歳くらいの上品な、しかし、どこかただ者ではないと感じさせる眼光の紳士が立っていた。

「レオナルド・ダ・ヴィンチでございます」

イザベラは、息を飲んだ。

「ミラノより仮の宿りを求めて参りました」

「先生」

イザベラは頬を染めた。

「先生の様な御方にお会いできて、夢かと思います」

レオナルドは戸惑いの表情を浮かべ、深く一礼した。

或る日、イザベラが廊下を通りかかると、レオナルドは独りアーチ形の窓から中庭を見つめていた。

イザベラは足を止めた。

暫くすると、レオナルドは振り返った。レオナルドは何も言わずにイザベラの顔を見つめたが、やがて眼に涙を浮かべた。

「お許し下さい。ミラノの亡きお妃様のことを思い出したのです」

レオナルドは、遠くを見る様な目で言った。

「サンタ・マリア・デレ・グラツィエ教会で『最後の晩餐』を描いて居りました時、お妃様はよく、いつまでもたたずんで御覧になり、そして静かに帰って行かれました」

レオナルドは、はっとした。イザベラの肩が小刻みに震えていた。レオナルドは黙ってうつむいた。

イザベラは振り返り、涙に濡れた目に笑みを浮かべた。

「先生、お願いがございます」

イザベラは、急に思いつめた表情をした。

「先生の様な偉大な御方にこの様なお願いを申し上げますのは、消え入りたい思いでございますが、私の肖像画をお描きいただけませんでしょうか」

イザベラはうつむいて笑った。

「私は昔から肖像画を描かれるのが大嫌いでした。ちょっと、はにかみ症なんです。それに、肖像画って、なかなかそっくりに出来上がりませんし、全然似てないことが殆どでございました」

イザベラは、顔を挙げた。

「先生、私にはもうすぐ6歳になる娘が居ります。人の世のはかなさを思う時、私はもう自分がいつ死んでもおかしくないと思って居ります。ただ、その時、心に残りますのは幼い娘のことでございましょう。私は娘に、せめて一枚の肖像画を持たせてやりとうございます」

レオナルドはイザベラの瞳がかすかに震えているのを見た。


その夜、レオナルドはまんじりともしなかった。

「あの侯妃は死ぬつもりらしい。肖像画が出来上がるのを待って」

レオナルドは、そんな直感を振り払うことが出来なかった。


夜が明け、約束の時間が来た。

レオナルドはカンヴァスに向かって坐り、静かに待った。

扉が開いて、イザベラが現れた。イザベラは黒い服に身を包んでいた。

カンヴァスの前に坐ったイザベラを、レオナルドは暫く、射る様な目で見据えた。

「お妃様、御髪をほどいて下さい」

イザベラは、我が耳を疑った。

そして、静かな声で言った。

「先生、申し訳ございませんが、既婚夫人はその様なことは致しません」

しかし、凝視したままレオナルドは強い声で言った。

「聖母像の様に、髪を垂らしてほしいのです」

イザベラは目を伏せ黙っていたが、やがて立ち上がると、静かに出て行った。


暫くして、イザベラは戻ってきた。

その豊かな髪は肩に垂らされていたが、その上を、有るか無きかの薄いベールが覆っていた。

レオナルドは黙々と素描を始めた。イザベラは恐ろしい様なものを感じた。仕事をしている時の天才の目が、これほど突き通す様なものかとイザベラは驚いた。それは、カンヴァスから離れた時のあの穏やかな表情からは想像も出来ないものだった。


夜、レオナルドは独り机に向かい、考えに耽っていた。

もう、彼の頭の中には構図が出来上がっていた。

そして、これこそ、彼の死後数十年経って、ゆくりもなく「モナリザ」と命名されたあの絵だった。

レオナルドは、様々な角度でイザベラの肖像画の素描を何枚も描いた。

そして、どれも頭部の寸法を正確に21㎝にした。

それればかりでなく、組んだ手の位置も、あらゆる素描を通じて殆ど一致する様、心がけた。

後にこれらの素描から正確に寸法を測り取って、油彩に描くためである。

レオナルドが複数の角度でイザベラの素描を描いたのは、透視法を重んじ、奥行きや立体感を追求する彼の自然科学的理念からであった。


この絵をレオナルドは、終生離さなかった。彼が60歳を超えた最晩年、第10代フランス国王フランソワ一世に招かれアルプスを越えた時、さらにいまわの際までもレオナルドはこの絵を決して離さなかった。


「お妃様、お疲れではありませんか」

「いいえ、大丈夫です」

「それでも、少し休憩に致しましょう。今日は面白いものを持って参りました」

レオナルドは、古いスケッチ・ブックを取り出してイザベラに差し出した。

「これは、私の最初のスケッチ・ブックです。もう40年も前になりますが」

イザベラは、一頁一頁丁寧にめくった。イザベラは、わけもわからず涙が出てきて、どうすることも出来なかった。

レオナルドは続けた。

「私の育った環境は複雑で、私は物心ついた時から、生きていくことはつらいことと思う様になって居りました。あれから40年。私は何度も死を考えたことがあります。それでも死ぬことが出来なかったのは、絵があったからです。ひとたび絵を描くことを知った人間は、どうしても、どんなにつらくても死ぬことは出来ません」

レオナルドは、イザベラの目を見た。

「お妃様、貴女様は絵をお描きになりますか？」

「いいえ」

「それでは、これから私が手ほどき致しましょう。きっと早晩、貴女様も」

「先生、私に絵が描けるのですか？」

イザベラは、小さく叫んだ。

「私はいつも素晴らしい絵を見るたびに、同じこの世に生きて、こんな高い境地を見ることが出来たなら、その場で死んでも構わないと、そう思って参りました」

レオナルドは涙ぐんだ。

「あっ」

レオナルドは、やにわにそのスケッチ・ブックから、僅かに残った白い紙をはぎ取った。

「これを差し上げます」

イザベラは、震える手で受け取った。

「この紙に何か描いて下さい」

イザベラは一心に花瓶の花を描き始めた。

まるで何かに憑かれた様に描き続けた。

何時間経っても一心不乱に描き続けているので、レオナルドは心配になり、そっと背後から覗き込んだ。

レオナルドは、我を忘れて声を挙げた。

「ラファエロだ」

イザベラは驚いてレオナルドの顔を見上げた。

「まだ16歳の少年ですが、彼は天才です」

レオナルドはイザベラの目を見た。

「お妃様、貴女様は何としてでもこの世に生きねばならない御方です」

その言葉に、イザベラは目を伏せた。


年の暮れ、レオナルドは肺炎で倒れた。

イザベラは侍女たちと、つきっきりで容態を見続けた。この一両日、レオナルドはやっと峠を越した様であった。

「ここにいたのか」

フランチェスコがつまらなそうな声を出してレオナルドの病室に入って来た。

「まあ、殿、そのお怪我は」

イザベラは驚いて立ち上がった。フランチェスコの頬に血がにじんでいた。

「ちょっと桜の木にぶつかったんだ」

「まあ。今お薬をつけて差し上げますわ」

「いいよ、いいよ」

フランチェスコは困った様な顔をしたが、イザベラが塗り薬をつけると上機嫌で出て行った。

暫くするとフランチェスコは、エレオノーラを肩に乗せて入って来た。イザベラは振り返ってレオナルドが眠っていることを確かめると、小声で言った。

「殿、エレオノーラが肺炎になったらどうするんです」

フランチェスコは慌ててエレオノーラを連れて出て行った。

夜になってフランチェスコは独りでまたやって来た。そして、侍女たちを下がらせ、冗談を言ったりしながらいつまでも部屋を離れなかった。

「君は疲れているから、もう休みなさい。後は僕が見ていてあげるよ」

フランチェスコはそう言いながら、間もなく椅子に掛けたまま子供の様な顔をして眠ってしまった。燭台の光がその寝顔を暗い部屋の中に照らし出していた。

イザベラは、長い時間泣いた。

夜半、イザベラは窓の外が明るいことに気がついた。イザベラは静かに窓辺に歩み寄り、そっとカーテンを開けた。外は一面うっすらと雪が降り敷いていた。

「ああ、雪だわ」

イザベラは、天を見上げた。イザベラには、雪の降る音が聞こえる様な気がした。


１５００年が明けた。

肺炎から回復すると、レオナルドはまた素描を描き始めた。そうしながらも、レオナルドは不安を払いのけることが出来なかった。

「侯妃はこの絵の完成を待って、何か事を起こすつもりだ。そして、それは死を意味することらしい」

レオナルドは、もはやこの国にいることは出来ないと思った。

カンヴァスに向かって描きながらも、いつか手は止まっていた。

「先生、どうかなさいましたか」

「い、いえ」

「先生、もしやお体の御加減が」

レオナルドは向き直った。

「お妃様、今日まで黙って居りましたが、私は、実はもうこの国を去らねばならないのです」

「えっ」

「お許し下さい。この絵を今ここで完成することは出来ません。どうか、どうかお待ち下さい」

「先生、必ず完成して下さいますか」

「はい、この絵は私の命です。私はこの絵に、お妃様の御姿だけでなく、魂まであますところなく描いてみせます」

イザベラの目に涙が溢れた。

「お妃様、待っていて下さい。待つ人なくしては、絵があわれです」


いよいよレオナルドが発つ日が来た。

イザベラは、お城の表玄関まで見送りに出た。

まだ、あたりは暗かった。

「先生、この世に生まれて先生の様な御方にまみえることが出来、私は幸せでございました」

イザベラは涙ぐんだ。

レオナルドは、何も言えず深く一礼した。

行きかけて、レオナルドは振り返った。

「お妃様、どうかいつまでも、このお城にいらして下さい」

イザベラは、涙を抑えてうなずいた。

第16章　フランスへ

１５００年2月、イタリア全土は息を飲んだ。

あのルドヴィコ・スフォルツァが大軍を率いてアルプスを越え、ミラノへなだれ込んできたのだ。

ルドヴィコは亡命先のスイスのインスブルックで５００騎のドイツ騎兵と８０００のスイス人傭兵を集め、フランス軍が圧政と略奪を欲しいままにするミラノへ攻め込んだ。ミラノの市民は狂喜し、熱狂して彼を迎えた。そして、フランス配下のスイス人傭兵たちまでが次々に彼のもとへ走った。

昨秋ルドヴィコを裏切りフランス軍の手先となってミラノを陥落せしめたスフォルツァ家傭兵隊長トリヴルツィォは敗走した。

スフォルツァ城を奪還するやルドヴィコは、真っ先にイザベラに手紙を書いた。

イザベラは身を震わせて事の成り行きを見守っていた。

ルドヴィコからの手紙を受け取るや、イザベラはすぐに返事を書いた。

「私は、自らミラノへ馳せ参じて閣下と共にフランス軍と戦いとうございます」

ルドヴィコからは引き続き援軍の要請の手紙が届いた。

フランチェスコは腕を組み目を閉じた。

イザベラはくい入る様にフランチェスコの顔を見つめ続けた。

不意にフランチェスコは目を開けた。

「ジョヴァンニを送ろう」

すぐにフランチェスコの末弟ジョヴァンニはミラノへ向けて出陣した。

イザベラは、ルドヴィコのため、そしてジョヴァンニのため、朝な夕な祈り続けた。

4月、フランス軍が1万の大軍を率いてアルプスを越えミラノへ侵入したという報せがマントヴァに届いた。

「ジョヴァンニ様が、ジョヴァンニ様が、今お独りで」

フランチェスコもイザベラも表玄関へ走った。

「兄上、無念でございます」

泥と血にまみれたジョヴァンニは、馬から降りるやうずくまった。

「スイスの傭兵どもが裏切ったのです。奴らはフランス軍が法外な報酬を出すと言った途端に寝返って」

ジョヴァンニは荒々しく拳で涙を拭った。

「ミラノ公は、傭兵に身をやつして落ちのびようとなさいましたが見破られ、捕えられました」

フランス軍再占領下のミラノでは、スフォルツァ派の人々に恐ろしい運命が待っていた。

一昨年ルドヴィコをマントヴァに迎えるに当たってイザベラが様々な問い合わせをしたスフォルツァ家の廷臣ヴィスコンティはフランス軍に拉致された。

フェラーラ出身の優れた建築家で20年間スフォルツァ家に仕え、レオナルドの友人であったジャコモ・アンドレア・ダ・フェラーラは、ルドヴィコの復帰後ミラノに帰国していたが、スフォルツァ派として処刑された。


そして、フランス軍はマントヴァを包囲にかかった。

マントヴァとミラノの国境には、日に日にフランス兵の数が増え、部隊が増え、陣を形成していった。


「ただでも狙っている奴らに、よい口実を与えてしまった」

或る晩、フランチェスコは嘆息を漏らした。

「殿、大丈夫です。困った人を助けて、絶対に神様はお見捨てになりません」

フランチェスコはイザベラの顔を見上げ、力無く笑みを浮かべた。


5月17日イザベラに男の子が誕生した。

祝砲がとどろき国中の鐘という鐘が鳴り渡った。

その子は、フランチェスコの亡き父の名をもらいフェデリーコと命名された。

10年間、実に10年間待ち焦がれた男の子の誕生。

しかし、イザベラもフランチェスコも、ゆりかごに眠るフェデリーコの顔を見てただ涙を流した。


そうしている間も国境へのフランス軍の侵攻は進んだ。

マントヴァの国民は、一人一人が戦に備え、フランス軍侵入の折りには一丸となって立ち向かい自分たちの国を守るため戦い抜く覚悟であることがはっきりと感じられた。

人々は自主的に武器を揃え、子供たちまでが町のあちこちで戦の訓練をしていた。

「この国を、どんなことがあってもこの国を滅ぼさないわ」

イザベラは、密かに心に誓った。


6月16日フェデリーコの洗礼が行われた。

本来ならば、盛大な祝典が挙行されるはずであったが、フランス軍包囲下で一切のお祝いはとりやめとなった。

それでも、フランチェスコは嬉し気な表情だった。

その夜、イザベラはフランチェスコの部屋へ行った。

「殿、二人だけでお話ししたいことがございますの」

イザベラは、明るく微笑んだ。

「あ、そう。ちょっと、みんな、悪いけれど席を外してくれない？」

フランチェスコは何時になく和やかな声だった。

侍女や執事たちは出て行った。

二人だけになると、イザベラの顔から急に笑みが消えた。

「殿、一生に一度のお願いでございます」

イザベラの顔は蒼白だった。

「私をフランスへ行かせて下さいませ」

フランチェスコは雷鳴に打たれた様な気がした。

「このままでは、国が滅びます。私にとって、命よりも大事なこの国が」

イザベラの目に涙が光った。

「私は、ルイ十二世陛下にお会いして、この国を攻めないとの御言葉をいただいて参ります」

「馬鹿な」

フランチェスコは叫んだ。

「捕らえられるだけだ。みすみす捕らえられに行くだけだ。わからないのか。奴らは君を人質にして、この国を逆落としに窮地に追い込むだろう」

「その様なことは致しません」

不意にフランチェスコは、真っ青な顔をしておどりかかるとイザベラの襟首を荒々しく掴んだ。

「死ぬつもりだな。捕らえられたら死ぬつもりだな」

イザベラは答えなかった。

フランチェスコは襟首を掴んで振り回し、力任せに突き放した。

「よくわかった。お前の心にあったのは、マントヴァだけだったのだ。よくわかった」

フランチェスコの声はうわずっていた。

「マントヴァですって？　マントヴァを思う心と、殿を思う心は一つです」

フランチェスコは、いきなり狂った様に駈け出して行った。


夜半、イザベラはフェデリーコの部屋へ行った。

ゆりかごで無心に眠るフェデリーコの顔を見つめ、イザベラはとめどなく涙を流した。


明け方、イザベラは最後の支度にかかった。

イザベラは、昨年の暮れから、何時かはこの日が来ることを予知していた。

そして、フランス軍が国境へ進出するのを見て、遂にその時が来たことを悟った。

その日から、密かに支度を始めていた。

イザベラは当初、ミラノに駐屯するフランス軍の総司令官に会いに行くことを考えていた。ミラノはマントヴァの隣国であり、いざという時はフランチェスコが大挙して助けに来てくれるであろう。

しかし、考えた末にやめた。困難なことであればあるほど、究極の相手ではない第二、第三の人間に頼むことは、時として逆効果であり、危険ですらある、と判断した。

イザベラはまた、フランチェスコの姉であるモンパンシエ公爵未亡人キアーラを介してルイ十二世と交渉することも考えた。

しかし、これもやめた。

キアーラのことは非常に信頼していたが、それでも人づてで、あますなく自分の思いをフランス王に伝えることは無理だと思った。

イザベラは、仏王以上にその側近がマントヴァを狙っていることを聞いていた。あのヴェネツィアの教訓からイザベラは、よほど考えて行動しない限り生きて仏王に会うことは不可能だと考えた。

そのためには、絶対に、ルイ十二世の住むブロワ城に着くまで旅の目的を余人に悟られてはならないと心に誓った。

イザベラは、モンパンシエ公爵未亡人キアーラ・ゴンザーガを名乗ることにした。もちろん、これは極秘で、キアーラにも何も言っていない。

イザベラは、そのためにフランスの衣装を用意した。

そして、ミラノまでは水路で行くのが普通だが、そこで馬車に乗り換えることは人目につき、手違いも起こり易いので、この度は初めから陸路を取ることにした。

イザベラは、旅の従者を厳選し、その人々にしかこれらの秘密を知らせていない。他の侍女や執事たちには、あくまで湯治ということで押し通した。


早朝、最後の支度が出来上がった。

イザベラは、一刻も失わず発つことにした。

ただ、心残りは、フランチェスコがあの時出て行ったきりまだ戻っていないことであった。


表玄関の前には、既に沢山の人々が集まっていた。

小一時間前から馬車や何頭もの馬が停まっていたのを誰かが見つけ、町中に報せたのであろう。誰一人として湯治ということを信じている者は無かった。

人々は身じろぎもせず無言で待ち続けた。

遂に表玄関の扉が開き、イザベラが現れた。

イザベラは、見違える様なフランスの衣装に身を包んでいた。

そして、その顔は、この世の人とも思えぬほど蒼白であった。

イザベラはエレオノーラを抱き上げ、ひしと抱きしめた。

やがてエレオノーラを静かに下すと、イザベラは馬車に乗った。

イザベラは、誰かに呼ばれた様な気がした。

既に日は高かったが、国境まではまだまだある。

イザベラは、急いで馬車の窓を開けた。

「お妃様」

若者が、馬を駆って馬車を追ってくるではないか。

「まあ、アントニオ殿」

以前フランチェスコの重病を知らせにナポリから馳せ参じたアントニオ・アルベルティである。イザベラは馬車を止めさせた。

「良かった。間に合った」

「アントニオ殿とおっしゃいましたね。殿が危篤の折りには大変御世話になりました」

「実は、今朝早く殿様がいらっしゃったんです」

「えっ」

「うちは、国のはずれで鍛治屋をやって居りますが、殿様は鍛治場まで訪ねてきて下さっておっしゃいました」

アントニオは、口をつぐんだ。

「あの、何と」

アントニオは、声を落とした。

「それが、その、『お前はフランス語が喋れるし馬鹿力があるから、ついて行ってやってくれ』と、そうおっしゃったのです」

イザベラは、胸がいっぱいになった。

アントニオは、真剣な顔つきになり言った。

「殿様からのおことづてでございます。このたびのことは、出来るだけ人に悟られない様になさいますのが御身のためと」

イザベラは、目頭を押さえた。

「アントニオ殿、そのことでお願いがございます」

イザベラは、この極秘の計画をアントニオに語って聞かせた。アントニオは、驚愕して聞いていた。

「かしこまりました、お妃様」

「あの……その呼び方は、ちょっと」

「かしこまりました、奥様」

イザベラもアントニオも笑った。

馬車は国境を目ざして進み続けた。

イザベラは、もうこの湖や山野を二度と見ることは無いのかと思うと、涙で胸が塞がった。

最期の瞬間まで決して忘れない様に、イザベラは、マントヴァの湖を、野を、木々を、山を、凝視し続けた。

10年間心血注いで愛し続けたマントヴァに、イザベラは心の中で今生の別れを告げた。


馬車は午後、国境にさしかかった。

イザベラは、窓を閉めた。

少し行くと、フランス兵の声がした。

「その馬車、止まれ」

イザベラは、目を閉じた。

「マントヴァの人間だな。どこへ行く」

「口を慎め」

アントニオが叫んだ。

「モンパンシエ公爵未亡人キアーラ・ゴンザーガ様と知ってのことか」

兵士たちは、ざわめいた。

「それでも、今は非常事態。ゴンザーガの御血筋の御方は、何としてもお通し出来ぬ」

「何っ、お前ら、命知らずな」

イザベラは、体の震えが止まらなかった。

アントニオがすごんだ。

「亡きモンパンシエ公爵様はなあ、ルイ十一世陛下の御従弟であらせられたことを忘れたのか。その奥方様の御帰国の邪魔をして、お前ら、ただで済むと思うな」

兵士たちは、顔を見合わせた。

そこをすかさずアントニオは大音声で言った。

「奥様は、持病が悪化されて御帰国なさるんだ。一刻を急いで居られるところを、お前ら、こんな足止めさせて、そのせいで手遅れになっちまったら、どうしてくれるんだ、えっ」

アントニオは、ひるまず続けた。

「こうしている間も奥様の御命は危ないんだ。馬車の中で奥様は、お前らの血も涙もない言葉を胸が潰れる思いでお聞きになって、今すぐ死んでしまわれるかも知れないぞ。ここで死なれてもいいのか!!」

「そ、それでは、お通りを」

兵士たちは、おずおずと言った。

馬車は兵士たちが見守る中を通過した。


「アントニオ殿、有難うございました」

人気のない野原まで来ると、イザベラは窓を開けてお礼を言った。イザベラは、涙ぐんでいた。アントニオは、真っ赤な顔をしてうつむいた。

日が暮れ、一行は野に幾つも天幕を張った。

外は降る様な星空であった。


夜が明けると、一行はすぐまた出発した。

今日こそ、ミラノの街に突入するのである。

ここを迂回するには余計な日数を重ねねばならず、この焦眉の折りには事実上不可能であった。

そして、ここここそフランス軍の本営が置かれ、町にはフランス兵が溢れているのだ。まさに難関中の最難関であった。


夕闇の迫る頃、ミラノの街の灯が遥か彼方に小さく見えてきた。

「奥様、どうなさいます?」

従者が小声で聞いた。

「参りましょう。暗い方が好都合です」

刻一刻、街の灯が大きくはっきりと目の前に迫ってきた。

二人だけ連れてきた侍女はイザベラの向かいの座席で蒼ざめていた。イザベラも全身が硬直するのを感じた。

イザベラは馬車の窓を僅かに細く開け、隙間から外を見続けた。

「あっ」

町の随所にはかがり火がたかれ、大勢のフランス兵が通行する人間の取り調べを行っているのだ。

「奥様、大変です」

様子を見に行ったアントニオが帰ってきた。

「奴らは敵方の人間が本営に近づくのを恐れて厳重な取り調べを行っています。数日前までは夜間の通行を一切禁じていたほどです」

イザベラの顔から血の気が引いた。

「それればかりではありません。奴らは、マントヴァから来た人間を血眼になって探しているのです。見て下さい」

アントニオは指さした。

「奴らはああして東から来た人間を特に厳重に、しらみつぶしに調べているんです」

見ると、馬車から引きずり降ろされる者や拉致される者すらいるではないか。

イザベラの顔は、みるみる草の葉の様な色になった。

「おい、そこの馬車、来い」

不意にフランス兵が怒鳴った。

もはや逃げることは出来ず、取り調べの列の最後についた。

イザベラは、ぴたりと窓を閉めた。

侍女たちは、がたがた震えた。

「お前、フランス人か？」

「ああ」

アントニオはフランス語で答えた。

「それにしては、なんか様子が変だな」

「そんなことないや」

アントニオは叫んだ。

「お前のフランス語はおかしいぞ」

「お前、本当にフランス人か？」

兵士たちは取り囲んでじろじろとアントニオを見た。アントニオの額に脂汗が噴き出した。

その時、さっと馬車の窓が開いた。

兵士たちの視線が一斉に集中した。

イザベラは、フランス風の大きな羽根扇を揺らせながら、あでやかに微笑んだ。兵士たちは、半ば我を忘れて見とれた。

イザベラは流暢なフランス語で言った。

「私は、モンパンシエ公爵未亡人のキアーラ・ゴンザーガと申しますが、先の戦で夫を失った悲しみに思い侘び、我が心の慰めはただ故郷の山川のみと年ごろマントヴァへ足を運んで居りました。しかし、こたびの戦で、私は弟たちとは敵味方となり、国王陛下に我が忠誠の心を示さんと、生まれいでし家に今生の別れを告げ、今、帰国の途に就いたのでございます」

あたりは水を打った様になり、フランス兵もうちしおれ、涙を浮かべて聞き入っていた。

「知らぬこととは申せ、数々の御無礼お許し下さい。それでは、旅路安けく」

兵士の一人が丁重にそう言って通そうとした。

イザベラは丁重に会釈し、窓を閉めようとした。

「駄目ですよ。隊長はモンパンシエ公爵様に大変お世話になったと何時もおっしゃっていたじゃありませんか。奥様にお会わせしなかったなんて知ったら、後で大目玉ですよ」

「それもそうだ」

「奥様、どうぞもう少しお待ち下さい。今、隊長を呼んで参ります」

イザベラは、心臓が止まりそうになった。

「御丁寧に。痛み入ります。ですが、戦時下のお忙しい折り、私のために持ち場をお離れいただきますのは心苦しゅうございます。どうか、隊長様にくれぐれも」

「ごめん」

いきなりアントニオが、馬に鞭を当てた。

それに倣って御者も鞭を当て馬車は疾風の様に駈け抜けた。

「お妃様の御蔭でございます」

「有難うございます、お妃様」

侍女たちは口々に言った。イザベラは、体の震えが止まらなかった。

「おい、追って来るぞ」

イザベラは、とっさに叫んだ。

「サンタマリア・デレ・グラツィエ教会へ」

馬車は一目散に教会を目ざした。

「もっと速く」

アントニオが叫んだ。

「急げ」

「あっ、教会だ」

馬車は一気にサンタ・マリア・デレ・グラツィエ教会へ駈け込んだ。

「お妃様、マントヴァのお妃様ではございませんか」

尼僧たちが駈け寄ってきた。

「詳しいことは後で話します。追われているんです」

尼僧たちは、慌てて全員を中へ入れた。


「駄目です」

尼僧が泣きそうになりながら駈け込んできた。

「『奥方様は馬車でお酔いになり、ただ今臥せって居られますからお引き取り下さい』と何度もお願いしたのですが、『ご挨拶申し上げるまでは絶対に帰らない』と言って、隊長が外で居座っています」

「ああ」

アントニオは頭を抱えた。彼らは食事をしながら今後のことを話し合っていたのだ。

「もう、おしまいだ」

従者の一人がテーブルに身を投げ出した。

「絶対にここから出られない」

別の従者が悲痛な声を挙げた。

その時、食堂の扉が開いた。

皆は、総立ちになった。

なんと、イザベラが修道女の姿で現れたのだ。

「これなら大丈夫でしょう?」

イザベラは、明るく微笑んだ。皆は声も出なかった。

「お妃様、その御姿でアルプスを?」

やっとアントニオが言った。

「そうです。これでフランスへ行くのです」

皆は、魂を奪われた様にイザベラを見た。

尼僧姿のイザベラは神々しいまでの不思議な美しさであった。

「わかりました。私たちも支度して参ります」

そう言って、アントニオも従者たちも出て行った。

イザベラは、広い食堂に独り残された。

イザベラは、静かに壁に歩み寄った。

そして、「最後の晩餐」を見上げた。食堂の奥の一段高くなった場所に今、まさに最後の晩餐が行われているかに見えた。

中央のキリストの姿は夕暮れの空を背景に、おかし難い気高さと孤独をたたえて浮き上がっていた。

イザベラの耳にレオナルドの声が甦った。

この絵の完成を誰よりも待ち焦がれたベアトリーチェ。

従来の「最後の晩餐」の絵とは違い、慰める弟子も無いキリストの孤高の姿に涙を浮かべて見入ったベアトリーチェ。

イザベラは万感の思いで見上げた。


尼僧や修道士たちが松明をかざしながら教会の裏口へと案内してくれた。

「お妃様、馬は大丈夫でございますか?」

「私は、騾馬《らば》には乗り慣れて居りますが」

イザベラは、少しの間考えた。

「やっぱり馬に致します」

「大丈夫でございますか？」

イザベラは、笑って言った。

「馬の方が速いですし、逃げる時も心強いですから」

イザベラは、尼僧や修道士たちの方に向き直った。

「本当にいろいろと有難うございました。どうか、私たちの帰りをお待ちにならないで下さい。私たちの置いていきますものは、もうこのまま皆様のお役に立てて下さいませ」

その言葉に尼僧たちは袖で顔を覆って泣いた。

「お妃様、生きて再び御目にかかれます様、お祈り致します」

尼僧も修道士たちも涙ながらに言った。


夜の道を馬で行きながら、イザベラは胸を押さえた。懐に母の指輪をお守りに入れているのだ。

「皆さん、よくお似合いいよ」

イザベラが急に明るい声を出すと、初めて皆はこわばった顔に笑みを浮かべた。

「困ったなあ。もっと坊さんのお説教を真面目に聞いて覚えときゃよかったなあ」

アントニオが僧衣の袖をやんちゃに振り回しながら言うと、皆はどっと笑った。

「ラテン語？　ラテン語なんか知らないよ」

「大丈夫ですわ。お妃様は当代随一のラテン語の名手だって評判ですもの」

イザベラは、どきっとした。無我夢中で僧尼の姿に変装したが、誰一人として専門の聖職者の知識など無いのだ。

それでも、イザベラはくよくよ考えないことにした。もはや今となっては、この道より他に無い。

イザベラは、パオラ修道女と名乗ることにした。


一行は、ミラノから北西に向かいアルプスを目ざした。

時は6月下旬。青い空にまぶしい太陽がやるせなく照りつけた。

一行は午後、マジョーレ湖の南岸にさしかかった。

いよいよこのあたりからアルプスの山麓である。あたりには低い山々が幾つも見えた。つつじやシャクナゲの咲き乱れる岸辺の道を、馬は蹄の音を響かせながら北へと進んだ。


「お妃様、御気分がお悪いのでは？」

「お顔が真っ赤です」

「大丈夫よ」

イザベラは、喘ぐ様に言った。

「大変です、お妃様が」

イザベラは、そのまま気が遠くなり馬から落ちそうになったところを、間一髪駆けつけたアントニオに支えられた。

「うわっ、ひどい熱だ」

アントニオは両手でイザベラを抱えると近くの農家に駆け込んだ。

「すみません、修道女が急病なんです」

暗い奥から40歳くらいの婦人が駈け出してきた。

「まあ、お気の毒に」

婦人はイザベラの額に手を当てた。

「大丈夫でしょうか?」

アントニオが、おずおずと聞いた。

「いつも教会の中に居られる修道女様が、慣れない遠乗りで、ちょっとお日様に照らされ過ぎただけですわ。じきにお熱も下がりますよ。さあ、どうぞ」

アントニオは夫人について中へ入り、言われるままに木の寝台にイザベラを下した。

イザベラは、薄目を開けた。

「あっ、おきさ……」

思わずアントニオは口を押えた。

「パオラ様、気づかれましたか?」

「修道女様、大丈夫ですか？」

イザベラは、急に眼を見開くと、慌てて起き上がろうとした。

婦人がそれを制止した。

「申し訳ございません。見ず知らずの御方に」

「いいんですよ。修道女様をお泊めできれば、うちにとっても功徳になりますからね」

見るからに人の好さそうな婦人は満面に笑みを浮かべた。イザベラは頭が下がる思いで胸がいっぱいになった。

婦人は冷たい水に浸した布をイザベラの額に乗せてくれた。イザベラが涙ぐむと、夫人は心配そうな顔をした。

「修道女様、お苦しいですか？」

「いいえ」

イザベラは、目頭を押さえた。

「こんなに良くして下さいまして、胸がいっぱいです。それに貴女様を拝見して居りますと、母を思い出しました」

「まあ。修道女様のお母様は」

「私が、19の年に亡くなりました」

婦人は、目をうるませた。

イザベラは、天井を見つめて言った。

「私は先ほどから、もうずっとここにいたいなって、そんなことを考えていたのです。叶わぬことですが」

婦人はうつむいて涙ぐんだ。何かよほど深い事情があることが察せられ、婦人は言葉を失った。

従者たちは、村中の家々に分散して泊めてもらうことになり、侍女二人はこの家に泊めてもらった。

婦人は侍女たちを休ませ、自分はその晩ずっとイザベラの枕元に坐って何度も額の布を取り換えてくれた。

枕元には、一本の粗末な蝋燭が燃えていた。そして、窓の外では、大きな木々がざわざわと音を立てていた。

「奥様は、お独り暮らしでいらっしゃいますか？」

「まあ、奥様だなんて」

婦人は、エプロンで顔を覆った。

「修道女様は、よほど良いお生まれなんですねえ。それをこんな難儀な旅をなさって……私には息子がいますが、何年も前に軍隊に入ったきり帰ってこないんです」

婦人の話を聞きながら、いつしかイザベラは眠りに落ちた。

はっと気がつくと、枕元に母が座ってこちらを見つめていた。イザベラは飛び起きて母を抱きしめようとしたが、体が動かなかった。母は微笑んだ。

それを見てイザベラは、言い知れぬ安らぎが心の中に広がるのを感じ、そのまま意識を失った。


早朝、イザベラは木の寝台で目を覚ました。

一瞬、自分がどこにいるのかわからず、母の姿を探してあたりを見渡した。

そして、枕元で座ったまま眠っている婦人を見つけ、昨日の全てを思い出した。イザベラは、さめざめと涙を流した。

しかし、母が見守ってくれていると感じ、心の中に新たな勇気と決意が湧いた。

やがてイザベラは起き出し、婦人に心を込めてお礼を言った。

そして、すぐに出発しようとしたので婦人は驚いて引き留めたが、イザベラの決意が固いことを知って、急いでイザベラのためにお粥を炊き、お弁当に柔らかい白パンを持たせてくれた。侍女たちにも朝食とお弁当を用意してくれた。

「この先は、川船でいらっしゃいませ。川船の方が、馬より速いですし、お日様に当たらなくて済みますわ。これから真夏に向かいますから、ますます日差しが強くなりますよ」

「有難うございます。私も本当はそうしたいんですけれど、馬を置き去りに出来ませんから」

「いいことがありますわ。修道女様がお戻りになるまで、あの馬は全部うちでお預かり致しましょう。ここから先、船着き場までは貸し馬でお行き下さい」

それを聞くとイザベラは、布の袋を取り出して婦人の手に握らせた。

「ここに20ドゥカーティございます」

「えっ」

「この様なもので私の思いを表すことはとても出来ませんが、昨日からのお心づくし、そして馬たちをお預かりいただくことへのせめてものお礼です」

「とんでもございません。それに、こんな大金、法外です」

「どうかお納め下さいませ。ただ、一つお願いがございます」

イザベラは、婦人の目を見た。

「もしも、半年たっても私たちが戻りません時は、あれらの馬をミラノのサンタ・マリア・デレ・グラツィエ教会までお返しいただきとうございます」

従者の泊めてもらった家々にお礼に行っている間に、婦人は貸し馬を探してきてくれた。

「もう、本当にお別れなんですね」

婦人は涙ぐんだ。

「この御恩は、終生忘れません」

イザベラは、涙を浮かべ一礼すると、馬に乗った。

一行は、山道を北へと分け入った。

かなりの高度までは針葉樹の林が続いている。あたりは大木が林立し、木の間より差し込む日差しは光の道を作って、浅緑のビロードの様な草に覆われた地面に降り注いでいた。林の中には所々に白や紫や薄紅色の花がひっそりと咲いていた。

そうかと思うと、小川の岸辺の僅かな草原には、星くずの様な白や黄色の小さな花々が、天の川の様に咲き乱れていた。

馬は人気の少ない山道を登り続けた。

突然、視界が開け、イザベラは息を飲んだ。

まばゆい様なお花畑が、目の前に広がっているのだ。

色とりどりの可憐な無数の花々が斜面を覆い尽くし、絨毯を敷きつめた様であった。

そして、彼方には、残雪に輝くアルプスの峰々がそそり立っていた。

ひときわ高く見えるのは、モンテ・ローザであろうか。

あたりの緑とは全く異なる銀を帯びた青白色の山々は、天を衝く様にそびえ立っていた。

イザベラは、その偉容に打たれ、馬を止めた。

「とうとう、ここまで」

イザベラは、万感の思いで仰ぎ見た。

書物にも読み、話にも聞きしこの山を、今、かかる旅の身で見ることを思う時、イザベラの心は千々に乱れた。

イザベラは、再び馬を進めた。

登りゆくほどに峰々はさらに眼前に迫ってきた。

夕方、一行はサンプロン峠の麓に差しかかった。

今朝借りた馬はここまでであり、峠を越えるには別の馬主を探さなければならなかった。幸いあたりには、峠を行き来する旅人のために馬を提供する者が何軒かあった。

「えっ、公道を通らないって？」

馬主が目をむいて聞き返した。

「はい、どうしても拝んで行きたい聖地がありますんで、脇道の方を」

アントニオが言った。

「聖地？　そんなのあったかなあ。まあ、とにかく、あそこは山賊が出ることで有名なんだから」

「そこを何とか」

従者たちは口々に懇願した。

「いや、うちは山賊に馬を盗られちゃ上がったりですよ。お客さんたちも、命あっての物種ですからねえ、公道を通られた方が身のためですぜ」

馬主はそう言って、別のお客の相手を始めた。

一行は次々に他の馬主を訪れたが、全て断られた。

「お妃様、やっぱり公道を通りましょうか？」

侍女が言った。

「いえ、あそこは厳重な取り調べが行われますから、何としてでも避けねばなりません」

皆は黙ってしまった。

「あっ、ちょっと」

不意にアントニオが、通りかかった地元の人らしいおばあさんに声を掛けた。

「私どもは旅の僧尼でございますが、馬が無くて困って居ります」

「そんなら、あそこに馬屋が」

「それが、全部断られたんです」

「へえ」

「実は、どうしても拝んでいきたい聖地があるから、脇道を行ってくれと頼んだら」

「そりゃ無理ですよ。ここの山賊は有名じゃから。それにしてもあんな所に聖地なんてあったかね」

おばあさんは首を捻った。

「い、いや、あるんですよ。ちゃんと」

「ふうん、聞いたこと無いねえ」

皆は、蒼ざめた。

「まあ、いいわ、どうでも。それじゃ、麓の若い衆に頼んでみるわ」

「まあ、有難うございます」

イザベラは、思わず声を挙げた。

おばあさんはイザベラの顔をまじまじと見つめてつぶやいた。

「こんなあらたかそうな尼さんは、初めてじゃ」

おばあさんは、皆の方を見て言った。

「今晩は、うちの村で泊まりなされ。そうそう、教会でお泊りになるのは如何ですかね？」

イザベラは、どきっとした。

「御親切に。でも、出来ましたら皆様のお宅にお泊めいただけませんでしょうか？」

「そりゃ一向に構わんが、教会の方がきれいだし、悪いことは言わんから教会に泊まりなされ。そうじゃ、今から行って頼んできてあげよう。教会の方が居心地もいいと思うよ」

「おばあさん、俺……私たちは、せめて旅の時ぐらいは教会と違う所で寝泊まりしたいんです」

イザベラは侍女たちと一緒におばあさんの隣の家に泊めてもらうことになった。他の従者たちも数人ずつ分散して村の家々に泊めてもらった。

落ち着くと、すぐに皆が集まってきた。

「お妃様、これは少しお金が要りそうです」

アントニオが言った。

「お金を出さない限り、人手も馬も集まらないでしょう。この際、多人数でなければ危険です。山賊が恐れをなして、襲うのを思いとどまるくらいの多人数でなければ」

「わかりました」

イザベラは、金貨の入った袋を取り出した。

「あっ、お妃様、それは」

従者たちは、どよめいた。

「お妃様、それは、いざという時のためにとっておかれたお金ではございませんか」

「今が、その時です。人は、いつお金を使うべきかを見誤ってはなりません」

「しかし、帰りのことも」

「その必要は無いでしょう。マントヴァを攻めないとルイ十二世陛下がお約束下さいました暁には、大手を振って公道を帰ることが出来ます。さもなくば、二度とこの道を通ることはございません」

皆はうつむいて沈黙した。イザベラは、慌てた。

「驚かせてしまってごめんなさい。どんな時でも、皆さんは国へ帰れます様、ちゃんと手を打ちますから、御心配なさらないで」

皆は声を挙げて泣き出した。イザベラは、途方に暮れた。

その時、アントニオが進み出て、押し戴く様に金貨の袋を受け取った。

「決して、無駄には致しません」

アントニオの真剣な目つきに、イザベラは圧倒された。

アントニオはその袋を大事そうに懐に入れると、おばあさんの所へ走って行った。

「おばあさん、何人くらい集まりますか？」

「大体15〜18人というところかね。じゃが、この仕事は怖がって誰も来んかも」

「1人に1ドゥカーティ払います」

「へっ」

おばあさんは、目をぱちくりした。

「来てくれるでしょうか？」

「来過ぎるわ。若者どころか、じい様たちまでやりたがって、仕事の奪い合いになるわ」

アントニオは、ほっとした。

「その代わり、ちょっと頼みがあるんです。とにかく出来るだけ強そうに見えるいでたちで来て欲しいんです」

「ははん、なるほど」

おばあさんは、お茶を飲みながら大きくうなずいた。

「それで、一番強そうな恰好をしてきてくれた人には、もう1ドゥカーティ余分に払います」

お茶を飲んでいたおばあさんは、むせ返った。

翌朝、おばあさんの家の前には、見るからに恐ろし気ないでたちの若者たちが馬に乗ってものものしく集結した。

「随分多いですね」

「21人も集まったんじゃ」

どの若者も知恵を絞って、強そうないでたちを工夫したのがよくわかった。

まさに甲乙つけ難い出来栄えであった。

イザベラは、おばあさんと、そしてお世話になった村人たちに丁重にお礼をして出発した。馬は村の人々から借りたものである。峠の向こうに着いたら、若者たちに村まで連れて帰ってもらう約束だった。


登って行くほどに、だんだん岩が増えてきた。

そして、花は少なくなり、種類が変わってきた。昨日のお花畑に見られた様な軽やかで華やかなものは影を潜め、落ち着いた姿の花が岩にはりつく様にして所々に静かに咲いていた。

イザベラは、白い花びらで真ん中が黄色い花を何度も見かけたが、そのたびに明らかに種類が違うので驚いた。

峠近くになっても、岩の隙間には凛とした花が夢を見る様に咲いていた。

急な岩場を馬の背に揺られて登るのは骨が折れた。その上、山賊が今にも襲いかかってこないかという恐怖で、心は張りつめ通しだった。

峠に差しかかった時、イザベラは一瞬めまいを覚えた。遥か下方に小さく小さく村や森や川や湖が見渡せるではないか。峠近くは霧がかかるかも知れないと言われたが、今日は視界がよく見渡せた。

遂に登りつめ、これより先は下るのみである。

イザベラは今一度、来し道を振り返った。

一行は、いよいよ下りにかかった。下りはさらに難儀であった。岩場で馬が何度もつまずきそうになり、その度に冷汗が出た。ここを山賊に襲われたら、ひとたまりも無い。皆は身を震わせる思いで、心の中で念じ続けた。

突然、絹を裂く様な叫び声が挙がった。後ろの方からついて来た侍女だ。

一気に全員、血が凍った。

アントニオは、僧衣の下の刀の束に手を掛けた。

「お、おどかすなよ」

皆は恐る恐る振り返った。

「ごめんなさい」

侍女は蒼い顔をして笑っていた。

「馬が転びそうになったの」

どっと一斉に笑いが起こった。

「ひどいわ、ひどいわ」

イザベラも、思わず修道女らしからぬ明るい声を挙げた。急に皆は喋る様になった。

「ところで尼様、一体いつになったら聖地に着くんですか?」

「えっ」

「わしらも、この際、拝ませてもらおうと思ってるんです。なっ」

若者たちはうなずいた。

「こんな時でもなかったら、とてもこんな所、来ませんから」

イザベラは口ごもりながら言った。

「私も先ほどから道の両側をよく見ているんですけれど」

「もっと道からそれて探しに行きましょうか?」

「このままでは、わしらも後味悪いや」

「い、いえ、それが、その、もう少し先だった様な気がするんです」

一行はまた黙々と馬の背に揺られて岩場を下り続けた。

ようやく難所を超え、麓の村が目の前に迫ってきた。

「尼様、結局見つかりませんでしたね」

「もう、いいんです」

「本当にいいんですか？」

「一体どの辺だと聞いていらっしゃったんですか？」

「本当にあったのですか？」

いきなりアントニオが叫んだ。

「さあ、そろそろ誰が一番強そうないでたちだったか考えようかな」

すると、若者たちは一斉にどよめき、声高に話を始めた。

さすがにアントニオも困った。皆、甲乙つけ難い出来栄えなのである。それに、21人の中から1人だけ選ぶということは、何か忍び難い気がした。

しかし、約束は約束である。

「お妃様、いかが致しましょう？」

たまりかねてアントニオは、小声でイザベラにわけを話した。

「まあ」

イザベラは驚いた。

「それなら、皆さんに2ドゥカーティずつお渡ししてちょうだい」

「えっ」

アントニオは蒼くなった。

「せっかく私たちのために恐ろしい山道を来て下さったのです。それに、あんな勇ましいいでたちを工夫して下さって。御蔭で私たちは峠を越えることが出来ました」

アントニオは、しおれて聞いていた。

「もし、ここでお一人だけ2ドゥカーティお渡ししたら、きっと後に気まずいものが残るでしょう。私たちに親切にして下さった方々にその様なことをしてはなりません」

アントニオは、すっかりしょげてしまった。

「申し訳ございません。私が至らなかったばかりに」

イザベラは、首を振った。

「無事に峠を越えることが出来たのも、アントニオ殿の御蔭です」

アントニオは頬を染め、一礼すると走って行った。


若者たちは、尾根にこだまする様な歓声を挙げ、何度も何度も振り返って手を振りながら大喜びで帰って行った。


麓の村で馬を借りると、2時間ほどでローヌ川に着いた。

一行は、そこで川船に乗り換えた。

この川の行き着く先が、フランスの入口リヨンである。そこでロアールの川船に乗れば、そのまま運命のブロワに着くのであった。

右岸には、ユングフラウが迫っていた。両岸の緑の向こうに、純白のユングフラウは気高い姿で輝いていた。

気がつくと、左岸には遠くモンテローザ、リスカム、ブライトホルン、そして彼方にマッターホルンが重なる様に見渡せた。

イザベラは、時が経つのも忘れて見続けた。

その時、イザベラは、はっとした。

「サンプロン峠も取り締まりが厳しくなりましたなあ」

「誠に」

「いや、リヨンの厳しさは比べ物にもならんそうですよ」

近くの乗客たちが喋っているのだ。イザベラは、思わず彼らの方を見た。

彼らは暫く夢中で喋っていたが、イザベラに気づくと話し掛けてきた。

「尼様は、どちらからいらっしゃいました？」

イザベラの顔から血の気が引いた。

「ミラノです」

「ミラノはどちらの教会ですか？」

「あの……サンタ・マリア・デレ・グラツィエ教」

「いつまで起きていらっしゃるんです」

不意にアントニオがさえぎり睨みながら強い口調で言った。

「また、病がぶり返しますぞ」

「あっ、貴男もサンタ・マリア・デレ・グラツィエ教会の方ですか？」

「いえ、残念ながら私は違うんです。パオラ様、早くお休み下さい」

言われるままにイザベラは、坐ったまま目を閉じた。彼らは、また話を始めた。

そうするうちに、疲労からイザベラは深い眠りに落ちた。


「パオラ様、パオラ様」

揺り起こされてイザベラは、はっとした。

「お船を乗り換えるんです」

侍女がささやいた。あたりは既に夜のとばりが降りていた。

船から降りたイザベラは、思わず立ち尽くした。

眼前に大きな湖が広がっているのだ。それは、レマン湖だった。

暗い湖面には月光が映え、銀の波が静かに光っていた。

見つめているうちに、来し方行く末のことが胸をよぎり、イザベラは暗い湖面に涙を落した。

「お妃様、船が出ます」

振り返ると、アントニオだった。

イザベラは、アントニオの後について船に向かいながら、そっと袖で涙をぬぐった。

「これが今日の最後の船なんです。毎日、あの川船が着くのを待って出ているそうです」

アントニオは、張りのある声で言った。

この船に乗れば、いよいよリヨンである。

夜の湖を渡る風は冷たく身にしみた。


イザベラは、侍女たちと小さな船室に入ることになった。

「お妃様」

イザベラが部屋に入ろうとすると、アントニオが小声で呼び止めた。

「ここより先はフランスに近く、人とは極力御顔を合わされませんよう、船室においで下さい」

「わかりました」

「到着した暁のことを思うにつけ、今のうちに少しでもお身体をお休め下さい」

イザベラは、身の引き締まる思いがした。

「我々従者一同は、隣の部屋に控えて居ります」

アントニオは一礼して走り去った。

船室に入るとイザベラは、忠告に従って、すぐに衣をかぶって横になった。

侍女たちも、ほとんど喋らず、寝たり起きたりしていた。

イザベラは、何度も目を覚ました。強く弱く船に打ち寄せる波の音だけが船室を包んでいた。何度目かに目を覚ました時は、朝だった。水面の反射する朝日が、窓際の天井にまばゆい光の波を映していた。イザベラは、それをぼんやりと見つめた。暫くして、イザベラはまた目を閉じた。


夕方、船はリヨンに着いた。

「あれは……」

イザベラは絶句した。皆も茫然と立ち尽くした。

船から降りた人の列が、延々と続いているのだ。そして、その先には取り調べの役人たちが立っていた。

「これは相当厳重ですね」

従者が小声でささやいた。

「もう、おしまいだわ」

イザベラは衣の上から母の指輪を押さえた。

一人一人の取り調べには、かなり時間がかかっている様だ。夕日が町を赤く染めていた。

その時、列の中ほどでざわめきが起こった。

見ると、老婦人がうずくまっていた。

役人の一人が走ってきた。

「医者、医者はいないか」

役人は叫んだ。しかし、名乗り出るものは誰も無かった。役人は狼狽して、老婦人の頬を叩いたり、背中をさすったりした。

「私たちが治しましょう」

その瞬間、イザベラは心臓が止まるほど驚いた。アントニオがそう言って、列から一歩踏み出したのだ。アントニオはイザベラの袖を掴むと、もの凄い力で引っ張った。イザベラは茫然自失になって、ふらふらとついて出た。

「そなたたち、何者じゃ？」

役人は呆気に取られて言った。

「見ての通りの旅の僧尼でございます」

「ほお」

「こちらの修道女様はあらたかな御方で、祈祷で治せぬ病は十に一つ、いえ、百に一つでございましょうか」

イザベラは、口も利けなかった。

「そんなことが出来るのか？」

「はい」

アントニオは、胸を張って言った。

アントニオは懐から薬を出すと、先ずそれを老婦人に飲ませた。そして、役人に頼んで敷物を持ってきてもらうと、その上に老婦人を寝させた。

「それでは、パオラ様、御祈祷をお願い致します」

アントニオはそう言うや、老婦人の首と肩と背中を揉み始めた。

イザベラは我に帰り、必死で手を合わせてラテン語を暗唱した。

「見事な読経じゃ」

役人は思わず唸った。

「こんな凄いラテン語は初めてだな」

「よっぽど偉い尼さんなんだ」

居並ぶ人々も、ひそひそと話し始めた。

アントニオは額に汗して老婦人の首や背中を揉み続けた。あたりはいつか日が暮れて、かがり火がたかれていた。

一式暗唱し終えると、イザベラは手を合わせたまま黙々と祈り続けた。

「すみません。ちょっと良くなりました」

不意に老婦人が顔を挙げた。イザベラは、息が止まりそうになった。

「なんと」

役人たちは立ち上がった。

「胸の苦しいのが治りました。めまいも良くなりましたし」

老婦人はイザベラとアントニオに向かって何度もお礼を言った。役人たちは茫然と見ていた。

「それでは、これで私たちも」

いきなりアントニオが荷物に手を掛けた。

「いや、ちょっとお待ち下さい」

「どうか市庁舎まで」

「えっ」

「よほど高位の聖職の御方とお見受けしますが、夕食くらい召し上がっていって下さい」

「せっかくですが、先を急ぎますから」

「そうおっしゃらずに、今晩はお泊りになって、有難い御話の一つもお聞かせ」

「あっ、ちょっと」

アントニオは、駈け出しながら叫んだ。

「お構いなく。すべては神の御心ですから」

それに続いて皆も駈け出した。

「ちょっと待って下さい」

役人たちが大声で呼んだが、誰も振り返らず、一目散に駈け抜けた。

人気のない路地まで来ると、皆は荷物を投げ出して、肩で息をした。

「これからお宿を探すのですか？」

侍女が言った。

「いや、あの役人たちに、今度会ったら百年目だ。今すぐ馬を借りてこの町を出ましょう」

この時刻にやっている馬主はほとんど無かったが、やっと一軒見つけて馬を借りると、暗い夜道をロアール川を目ざした。

「ああ、恐かった」

イザベラはつくづくとため息をついた。

「アントニオ殿ったら、無茶をなさるんですもの」

「もう、どうなることかと、生きた心地がしませんでしたわ」

侍女たちも口々に言った。

「そんなこと言ったって、ああでもしなけりゃあの取り調べは突破できないよ」

「アントニオ殿、あのよく効くお薬は何ですか?」

イザベラは聞いた。

「あっ、あれですか?」

アントニオは満面に笑みを浮かべた。

「あれは、どこにでもあるただの丸薬ですよ。胸が痛い時や苦しい時は、水を飲むと治ることが多いんです。もしも、あれが効いたんなら、薬ではなく水を飲んだのが良かったんでしょう」

「でも、それだけではありません。アントニオ殿が肩や首や背中を揉んでいるうちに治った様に見えましたが」

「あれは、うちの婆さんによくやってやるんですよ。そしたら、大概の病気は一発で効くんだから。なんでも、心の臓の働きを助けて、血の巡りを良くするらしいんです」

「へえ」

皆は感心した。

「この前、殿様が御危篤になられた時も、いちかばちかでやってみたんです」

「まあ」

イザベラは身を乗り出した。

「或る晩、殿様が息も絶え絶えになられた時に、明け方まで、お首や肩や背中を揉んだり押したりし続けました。そしたら、もうみんな諦めていたのに、急に殿様は持ち直されたんです」

「そうだったのですか」

イザベラは涙ぐんだ。

「そ、そんな、お妃様、大したことじゃありませんよ。それより」

アントニオは、イザベラの方に向き直った。

「一体、何時の間に経典なんか覚えられたんですか？」

皆も真顔になってイザベラを見た。

「あれは、ヴィルギリウスなんです」

「えっ」

一斉に皆はのけぞって笑った。


その日は、馬の背に揺られながら交代で眠った。

イザベラは、5年前のフランチェスコの手紙を思い出した。自分は日夜馬の背に揺られて行軍を続け、体がもっているのが不思議なくらいだ、と書かれたあの戦場からの手紙を。

未明の道は、草の葉に露が光っていた。

一行は、やがてロアール川の岸辺に差しかかり、そこで川船に乗った。もう、このままブロワに行き着くのを待つばかりである。イザベラは、ベールで顔を覆って侍女たち二人と小さな船室で息をひそめた。

イザベラは、ルイ十二世に言うべき言葉を考えた。恐怖と不安に胸は張り裂けそうで、血の涙がこみ上げてくる様だった。

それでもイザベラは、ルイ十二世に言うべき言葉を考え続けた。隣の部屋には従者たちが控えているはずだが、物音一つしなかった。


イザベラは、国をいでしより、キアーラにだけは迷惑を掛けてはならないと考えていた。しかし、ここに至って最後に一つの問題が残った。この修道女の姿は、王城に入るには寧ろ好都合かも知れないが、ひとたびルイ十二世の前に立った時、自分はマントヴァの侯妃であらねばならない。国の威信に懸けても、この姿で王にまみえることは出来なかった。イザベラは、調えだけはキアーラを頼ることにした。

窓には幾たびか光と闇が訪れ、２日後、船は遂に運命の地ブロワに着いた。

上陸したイザベラは、振り返り、東の空を見た。この空の続きにマントヴァがあるのだ。

「参りましょう」

イザベラは、静かに言った。

その時、先ほどからこちらを見ていた役人が歩み寄ってきた。

「その方たち、この土地のものではなさそうだが、どこへ行く?」

「モンパンシエ公爵様のお屋敷です」

従者が言った。

「何の用で行くのだ?」

誰も答えないのを見ると、役人は薄笑いを浮かべた。

「一体、何の用で行くのか、聞いておるのだ」

「奥様が、奥様の御健康が優れませんので、祈祷を頼まれたのです」

イザベラが言った。

「ほお」

役人はイザベラの顔をまじまじと見た。

「よかろう。わしがこれからそなたたちをモンパンシエ邸まで案内して進ぜよう。そして、直接奥様に会って確かめてみる」

役人は歩き出した。侍女たちは青ざめ、震えていた。皆はうつむいて役人の後について歩いた。

「お蔭で道に迷わないや」

アントニオは小声で笑った。

イザベラだけが笑った。

じきに立派な門が見えてきた。モンパンシエ邸は、広い庭の向こうに壮麗なたたずまいを見せていた。役人は門番に挨拶して入った。一行もそれに続いた。広大な庭園は、自然の美しさを取り入れ、華麗で優雅な造りであった。

表玄関の前まで来ると、役人は取次に出た執事に訳を話した。

少し待つと、きぬずれの音をさせながらキアーラが現れた。

「これは、これは、奥様」

役人は恭しく一礼した。

「畏れながら、この僧尼たちにお見覚えはございますか？」

「は？」

キアーラは狐につままれた様な顔をして役人の顔を見た。役人は口元に薄笑いを浮かべた。

侍女たちは、がたがたと体を震わせた。

「私です」

イザベラは、キアーラの前に進み出た。

「えっ」

キアーラは不思議そうな顔をして、イザベラの顔を穴が開くほど見た。

「あっ、貴女……」

不意にキアーラは叫び声を挙げたきり、唇を震わせた。

「なんだ、お知り合いでしたか。それでは」

役人は、そそくさと一礼すると帰って行った。

暫くの間、キアーラは胸に手を当てたまま声も出なかった。

「ああ、驚いた」

やっとキアーラは、乱れた息でそう言った。

「一体、どうなさったの？」

「お姉様、お願いがございます」

「じゃあ、中へお入りになって」

すぐに食事の支度がされ、従者たちは食堂に案内された。

「あら、貴女も召し上がらないの？」

「有難うございます。ですが、今すぐお姉様にだけお聞きいただきたいことがございます」

「まあ」

キアーラはイザベラを自分の部屋に連れて入り、人払いをした。

二人だけになるとイザベラは今までのことを全て語って聞かせた。

みるみるキアーラは蒼白になった。

「やめて」

キアーラは涙ぐんだ。

「私も少しはマントヴァのことを聞いて居りました。マントヴァは私の生まれた国。夢にまで見る祖国です。——でも、貴女を失うのは、いや」

キアーラは泣き崩れた。

「貴女は、私が生きる望みを失った時に、たった一人私を済度して下さった方なの」

イザベラは頭を垂れた。失意に打ちひしがれるキアーラを必死で励ました。ただそれだけのことを、キアーラはこんなにも思ってくれているのだ。イザベラの目から涙がこぼれた。

「わかったわ」

キアーラは静かに顔を挙げた。

「どんなにお止めしても、貴女は聞いて下さらないでしょう」

キアーラはイザベラの顔を見た。

「明日、一緒にお城に参りましょう」

「えっ」

「絶対に、貴女一人では無理よ。このお城こそ最難関だということを忘れないで」

イザベラの顔から血が引いた。

「明日、私が国王陛下の御機嫌伺いに上がりますから、貴女は私の遠縁の者ということでついていらしてちょうだい」

「お姉様、それではお姉様に御迷惑がかかります」

イザベラは必死で言った。

「いいえ、私にも何かさせて欲しいの」

「いけません。その様なことは、私の命に代えてもしていただく訳には参りません」

イザベラの目に涙が溢れた。

「お姉様、お姉様のその御言葉だけで、私は胸がいっぱいです。でも、お姉様に御迷惑をお掛けするくらいなら、私は死んだ方がましです」

イザベラは立ち上がった。

「本当に有難うございました。私はやっぱり今からこのままお城に参ります」

「待って。私の話を聞いて」

キアーラは嗚咽で声が詰まった。

「私は生まれた時から弱虫だったの。ひ弱くて何もできない自分が嫌でたまらなかった。でも、弱い人間ほど、或る時、一途になれるの。身を捨てることが出来るの」

キアーラはイザベラを見上げた。

「私は、ゴンザーガの娘です。これだけは、やらせて。もし、お聞き下さらないのなら、私は何のためにこの世に生まれてきたのか、自分でもわからなくなってしまうわ」

「お姉様」

イザベラはキアーラの前にひざまずいた。

キアーラはたたみかけた。

「お願い。これをやらせて下さらなかったら、もう私は私でなくなるの」

イザベラはうつむいて身を震わせて泣いた。


夜通しキアーラとイザベラは、明日の手はずを話し合った。

「やっぱり、貴女の仮のお名前は考えておかなくちゃ。その方が、何かと好都合よ」

イザベラは首を振った。

「それでは、お姉様に嘘を言っていただかねばなりません。もうこんなにお世話になりました上で、今さらとお思いになりますかも知れませんが、やっぱりそれだけはおやめ下さい。お姉様はこれからもずっとフランスの宮廷でお暮しになるのですから」

「私は構わないのですけれど……じゃあ、いざという時だけ、マリー・ド・モンパンシエということに致しましょう」


2時間だけ仮眠を取ると、明け方から支度にかかった。

「これ、私の若い頃のなんですけれど、お召しになって」

キアーラは、見事な縫い取りをした服を出してきた。

廊下の奥からイザベラが現れると、皆は息を飲んだ。

フランス風の若々しい衣装に身を包んだイザベラは、花が咲いた様な、水際立った美しさであった。モンパンシエ家の家臣や侍女たちも、思わずため息を漏らした。

イザベラは、キアーラと馬車に乗った。侍女二人は、その向かいの座席に座った。そして馬車の後には、マントヴァからの従者を含む沢山の随臣たちが騎馬で従った。

一行は、ものものしく王宮に向かった。イザベラは、身を固くして一点を凝視し続けた。

間もなく馬車は城門の前に着いた。随臣の一人が何か言うと、番兵たちは敬礼し、丁重に通した。

馬車は王宮の正面玄関に停まった。

馬車から降り立ったイザベラは、初めてあたりを見渡した。ブロワ城は、ロアール川右岸の高台にそそり立っていた。中庭には、ルイ十二世の父シャルル・ドルレアンの時代の回廊がある。その横には、赤煉瓦と石組みの対照が美しいゴシック様式の翼棟の建築が進んでいた。

そして、川の対岸には、大きな森が広がっていた。ソローニュの森である。

イザベラは、意を決して王城に入った。

お城の廊下ですれ違う人々は皆、イザベラを振り返って見て行った。イザベラは蒼白になりうつむいた。

「大丈夫。貴女が美しいからよ」

キアーラが耳打ちした。

国王への取次ぎを頼むと侍従が現れ、丁重に立派な部屋へ通された。

「ここで暫くお待ち下さいませ」

そう言って侍従は出て行った。

しかし、いつまで待っても誰も姿を見せなかった。

「おかしいわ。こんな事一度も無かったわ」

キアーラが言った。イザベラはうつむいて身を固くしていた。

その時、扉が開き先ほどの侍従が現れた。

「実は、陛下は急な御用でお出かけになり、暫くお帰りになれません」

「まあ」

「それで、誠に畏れ入りますが、今日のところは」

「あの……どちらへ」

「それは残念ながら、申し上げることは出来ません」

「それでは、いつお帰りになりますのでしょう」

「それも今はまだわかりません。ですから、今日のところはお引き取りいただけませんでしょうか?」

キアーラは、立ち上がった。

「是非とも至急、陛下の御耳に入れたきことがございます。国王代理は、どなたが」

「は、はい、その、シャルル殿下が」

「殿下に今すぐお越しいただけませんでしょうか？」

「はあ、それが」

侍従は口ごもった。

そこをキアーラは重ねて言った。

「何卒、お願い致します」

有無を言わさぬその響きに押され、侍従は一礼して立ち去った。

「シャルル殿下はね、国王陛下の御親戚なの。王位継承順位はそれほど上ではいらっしゃらないけれど、第1位のフランソワ様たちがまだ御幼少だからでしょう。それに、なかなか聡明な御方らしいの」

イザベラは黙って聞いていた。

暫く誰も現れなかった。

「一体、今日はどうなっているのかしら」

キアーラは落ち着かない表情で天井を見上げた。

「お待たせ致しました」

不意に扉が開き、神経質そうな青年が入って来た。

「国王代理です」

キアーラもイザベラも立ち上がり、フランス式の礼をした。

シャルルは青白く、愁いを帯びた表情の若者だった。イザベラは、その顔を見るなり、この人は決して笑わないのではないかと思った。

イザベラは、一瞬のうちに様々な思いが駈け廻り、心が決まらなかった。

その時、キアーラが言った。

「殿下にお会わせしたい人がございます」

イザベラは、意を決してシャルルの前に進み出た。

「マントヴァ侯妃イザベラ・デステでございます」

その言葉に、シャルルはのけぞった。

「国王陛下にお話ししたきことがございます。何卒、お目通りを」

シャルルの額に蒼く血管が浮いた。

「既にお聞きの通り、陛下は急な御用でお出かけです。何卒お引き取り下さい」

「焦眉の問題でございます。どこへいらっしゃいましたか、お聞かせ下さいませ」

「何故です。何故そうおっしゃるのです？」

「はい、もしもいつまでもお戻りになりません様なら、そこまで参って陛下にお目通りいただきます」

「えっ」

シャルルは目をむいた。額に汗がにじんでいた。

「それは困ります。外部の方には断じてお知らせ出来ません」

「それでは、せめて、いつお戻りになりますかお聞かせ下さいませ」

「それも致しかねます」

「わかりました。それでは陛下がお戻りになるまで、いつまでも待たせていただきます」

「えっ」

シャルルは絶句した。

「それは、それは断じて困ります。何卒今すぐお引き取り下さい」

「殿下」

イザベラは、シャルルの目を見た。

「もしも私が、陛下のお顔を一目も見ずにイタリアへ帰りましたら、何と言われますでしょう。この噂はたちまち伝え広まり、イタリア全土で、陛下が重病だとか、或いはそれ以上のことが取り沙汰されるに違いございません」

シャルルは、肩を落とした。

「お好きなだけ御滞在下さい。バスタル・ド・ブルボンが捕虜になった時の御恩もあります。御滞在中は、出来るだけのことはさせていただきましょう」

そう言ってシャルルは出て行った。

「貴女、よくやったわ」

キアーラは、蒼い顔をして涙ぐんでいた。イザベラは、体の震えが止まらなかった。

やがて一行は、お城の一角に立派な部屋を幾つもあてがわれた。

「お姉様、有難うございました。ここまで来られましたのも、お姉様の御蔭でございます。これより先は」

「お願い、一緒にいさせてちょうだい。貴女を置いて帰ったら、私、心配で死んでしまうわ」

そう言ってキアーラは、とうとう帰らなかった。イザベラは、頭の下がる思いだった。キアーラがいてくれることは、ただ一つの救いだった。

「お姉様、私はおかしいと思うんです」

イザベラはキアーラに言った。

「今日の有様は、ただごとではございません」

キアーラは、身を乗り出した。

「もしかして、ルイ十二世陛下は、本当に御病気なのでは」

キアーラは息を飲んだ。そう言われてみれば、確かに思い当たる節がある。王の行く先と帰着の日時を決して言わない対応、口ごもり、そして、イザベラに「このままでは仏王は重病という噂が流れます」と指摘された時のシャルルの狼狽。

「そうかも知れないわ。何だか、そんな気がしてきたわ」

キアーラは、声を震わせた。

「この戦時下ですもの、もしそうなら絶対に極秘よ」

「お姉様、その場合はどうなるのですか？　どなたが決定なさるのです？」

「それは、国王代理よ」

イザベラは、心に決めた。

「お姉様、もう、私は陛下を待ちません。明日からは全力で、シャルル殿下と交渉致します」

キアーラは、不安な表情を浮かべた。

「気をつけて。貴女も御存知の様に、あの重臣たちがマントヴァを狙っているのよ。シャルル殿下は聡明で、気難しいまでに潔癖な御方とは聞いているけれど、まだお若いし、あの重臣たちがついていたのでは……」

そう言ってキアーラは顔を曇らせた。


次の日、イザベラはシャルルの執務室を訪れた。シャルルは不在であった。取次に出てきた女官にわけを話すと、女官は丁重にイザベラを中へ入れた。

イザベラは椅子に掛け、シャルルを待った。

1時間、2時間……イザベラは、時計の針を見続けた。しかし、シャルルは現れなかった。

イザベラは、それでも待ち続けた。

不意に扉が開いた。

「殿下」

イザベラは立ち上がった。

シャルルは仰天し、すぐさま出て行こうとした。

「お待ち下さい、殿下」

シャルルは扉に手を掛けたまま、少しの間、動かなかったが、やがておもむろに中へ入って来た。

「国王陛下は、まだお帰りではありません」

シャルルは、平然と言った。

「殿下、私は今日は殿下に御用で参りました」

「えっ」

シャルルは一歩後ずさりした。

「もう私は決めました。焦眉のことゆえ、いつお戻りになるかも知れぬ国王陛下をお待ちすることは出来ません。私は殿下にお話をお聞きいただきとうございます」

「そ、それは困ります。私は時間もありませんし」

「一国の運命がかかっているのです」

イザベラはシャルルの目を見据えた。

「戦のことなら重臣たちを呼びます」

シャルルは強い口調で言い、戸口に向かおうとした。

「お待ち下さい」

イザベラは、シャルルの前に立った。

「私は殿下に、お話をお聞きいただきたいのでございます。私は殿下を見込んで来たのです」

「いや、戦のことは重臣たちです。私におっしゃって下さっても困ります」

シャルルは強硬に言った。

「殿下」

イザベラは涙ぐんだ。

「私はこうして殿下にお話し致しますだけでも、胸が張り裂けそうなのでございます。それをこの上」

シャルルはうつむいた。

「殿下、私は殿下を非常に聡明な御方と承りました。その殿下を見込んで参りましたのです」

シャルルは力無く椅子に座った。

「私は忙しいのです。時間が無いのです」

「今日が御無理でございますなら、日を改めて何時か」

シャルルは顔を挙げた。

「また、時間を作りますから、どうぞ今日のところは」

イザベラは、一礼すると力無く執務室を出た。

部屋に戻ると、キアーラが震えながら待っていた。

「どうだった」

キアーラは、イザベラの姿を見るとすがりついた。イザベラは、消え入りそうな声で事の成り行きを話した。

「お姉様、どう思って下さいます？　これは、どういうことなのでしょうか？」

キアーラは考え込んだ。

「相当、重臣たちにたきつけられていらっしゃるみたいね」

「えっ」

イザベラは蒼くなった。

「でも、かなり貴女の誠意が通じたみたいよ」

「本当ですか、お姉様」

「ただ、これで終わっては駄目よ。重臣たちがまた何か言わないうちに」

「殿下は、そのうちお時間を作って下さるとおっしゃいましたが」

「その様なこと、沙汰やみになってしまうでしょう。殿下も、こんな大変なお話は避けて通りたく思っていらっしゃるはずだわ」

イザベラは泣きそうな顔になった。

「わかりました。私は明日から毎日、殿下がお話をお聞き下さるまで執務室で待たせていただきます」

イザベラは、次の日も執務室へ行った。シャルルはまた不在で、昨日と同じ女官が出てきて、イザベラを中へ通した。

今日もシャルルはなかなか姿を見せなかった。イザベラは待ち続けた。待ちながらイザベラは、言うべき言葉を心の中で繰り返した。心臓が早鐘の様に打つのが聞こえた。

「殿下」

イザベラは立ち上がった。

シャルルは扉に手を掛けたまま、動かなかった。

「困るんです。時間が無いんですから」

シャルルは強い口調で言った。

「時間が無くても結構です」

「えっ」

「お時間が出来ますまで、私は何時までもここで待たせていただきます」

「そんな」

シャルルはうろたえた。

「困るんです。本当に。もうずっと予定が詰まっているんです」

「結構です」

「どうか、もう」

シャルルはうなだれた。

「ここで待たせていただきますと、心が落ち着くのです。殿下までどこかへ行ってしまわれるのではないかと、私は心配でなりません。ここにいるのが一番落ち着くのです」

シャルルは顔を挙げた。

「わかりました。3日後の午前10時に、ここで会いましょう」

イザベラは、一礼すると静かに部屋を出た。


3日間をイザベラは千秋の思いで待った。

もうこれで本当に最後なのだ。この一日をしくじれば、自分の命も、そして国の命も消え失せるのだ。

運命はまさに風前の灯に思われた。

イザベラは、身を震わせて待った。


3日後の午前10時、部屋の扉が叩かれた。

侍女が開けると、シャルルからの使いが立っていた。

「殿下がお待ちでございます」

イザベラは立ち上がった。

見送るキアーラの顔は蒼白で、瞳は震えていた。

イザベラは部屋を出、使者について静かに執務室へ向かった。

執務室の前でイザベラは、着物の上から懐剣を押さえた。

イザベラは、落ち着いた足取りで執務室に入った。

シャルルは立ち上がり、丁重にイザベラに椅子を勧めた。

机を間に向き合って坐ると、先ずシャルルが口を開いた。

「侯妃、私はまず貴女に賛辞を呈しましょう」

イザベラは、目を見開いた。

「これは、率直な心からです。貴女はよく女人の身でこの様なところまで来られましたね。普通、貴女には二つの道しか残されていないでしょう」

イザベラは黙ってシャルルの目を見た。

「生きてこの城をお出にならないか、或いは、捕らわれの身となられてマントヴァを逆落としに窮地に追い込まれるか」

「いいえ、殿下」

イザベラは静かに言った。

「私には、もう一つ道がございます」

「とおっしゃいますと」

「マントヴァを攻めないとの御言葉をいただいて、生きて還る道でございます。私は殿下を、その様な御方と信じております」

シャルルはうつむいた。

「殿下、マントヴァは小さな国です。ただ、あるのに文化です。フランスがマントヴァを攻略しても、得るものは殆どございません。唯一残るべき文化も、その暁には灰塵に帰しましょう。――しかし、」

イザベラの声に力がこもった。

「フランスがマントヴァを攻略しました暁には、失うものこそ甚大です。マントヴァは小さな国ゆえに、国民は一致団結してフランスに立ち向かう覚悟でございます。

フェラーラ戦争の折り、私の父が病臥して居ります間に、国民は手に手に武器を持って立ち上がり、押し寄せる法皇・ヴェネツィア連合軍に向かっていきました。そして、勝利を収めたのです。

今、マントヴァでは、まさにあの時と同じ光景が繰り広げられて居ります。

国民は自ら武器を揃え、子供たちまで戦の訓練に励み、フランスの大軍を前に一歩も引かない構えでございます。

マントヴァは戦い抜きます。最後の一人が倒れる日まで。

それは、もはや抑え難い、湧き上がる国民の力なのでございます。

凱歌と共に侵入したフランス軍は、そこに累々たる屍の山と廃墟と、そして草一本生えない荒れ地を見るのみでございましょう。

その暁には必ずや、フランス軍も埋め難い痛手を負うことは必定です」

イザベラは、静かに言った。

「殿下、マントヴァは野に咲く花です。殿下はそれを手折る様な御方ではない、と私は信じております」

シャルルは暫く頭を垂れて動かなかったが、やがて出し抜けに顔を挙げると言った。

「もうすぐ会議が始まります。今日のところはお引き取り下さい」

イザベラは、その夜眠れなかった。

全ては終わったのだ。しかし、シャルルは何を思ったのか全く分からなかった。

明け方の薄青い光を見ながら、イザベラは涙をこぼした。

数日後、不意に部屋の扉が叩かれた。

侍女が開けると、侍従が立っていた。

「殿下がお呼びです。お越し下さい」

イザベラは口も利けずについて行った。

執務室の扉の前でイザベラは足を止めた。

そして、着物の上から懐剣を押さえると、意を決して部屋に入った。

「これに御署名下さい」

シャルルは、今何か書き終えたらしく、羽根ペンを収めると、羊皮紙をイザベラの方へ向けた。

見るなりイザベラは我が目を疑った。

それは、まさにマントヴァとフランスの不可侵条約というべき内容であった。

そして、両国を全く平等に処遇するものであった。

「私が国王代理である間、これは有効です。そして、陛下がお戻りになった暁には、必ず同じ内容で正式な不可侵条約を発効することをお約束致します」

イザベラは、体の震えを抑えながら、マントヴァ侯爵フランチェスコ・ゴンザーガの名を署名した。


イザベラは、出国手続きを願い出た。

しかし、受諾されず、暫く待つ様に言ってきた。

「変だわ。どういうことなのかしら」

イザベラもキアーラも、一気に不安に突き落とされた。

「いくらあの様にお約束下さっても、ここから出られない限り」

イザベラは泣きそうになった。

「でも、それならわざわざあんなことなさる必要は無いと思うの」

キアーラは言った。

「じゃあ、どういうことなのでしょう」

「わからないわ、全く」


次の日も、その次の日も、出国許可は下りなかった。

イザベラは、廊下の突き当たりでぼんやりと外を見つめていた。

ここには美しい椅子とテーブルが置かれ、小さなサロンになっているのだ。

そして、窓からはロアール川がよく見えた。

キアーラは落ち着かないのか黙々と刺繍に耽り、イザベラは部屋にいて切なくなるとここに来るのだった。

「あっ、殿下」

イザベラは、はっとして立ち上がった。シャルルが通りかかったのだ。

「殿下、御許可はまだでございますか？」

シャルルは黙ってうつむいた。

「私は一日も早く国へ帰り、人々に殿下の寛大な御心を知らせて喜ばせとうございます」

「もう少し、待って下さい」

シャルルはそう言うと立ち去った。


次の日も許可は下りず、イザベラはいたたまれない気持ちで廊下のサロンの椅子に掛けてロアールの流れを見つめていた。

不意に向こうから賑やかな声がして、数人の若者が現れた。

そして、その中にシャルルもいた。

イザベラは驚いた。シャルルが笑っているのだ。いつも悲しげな表情で、絶対に笑わないのかと思っていたシャルルが。

イザベラは我が事の様に嬉しくなり、明るい顔で部屋へ帰った。


依然として許可は下りず、イザベラは毎日矢も楯もたまらない思いで過ごした。不安で胸は締めつけられた。

イザベラは部屋を出た。心の休まる場所は、あのロアールの流れが見える廊下の突き当たりの小さなサロンしか無かった。

イザベラは足を止めた。そこに、シャルルが数人の若者たちと立っているのだ。シャルルはイザベラの顔を見ると、子供の様な笑みを満面に浮かべた。

そして、イザベラの前を笑みを浮かべたままうつむいて通り過ぎ、廊下の向こうに行ってしまった。

イザベラはそれを見て、力無く部屋に戻った。これ以上、出国許可のことを口にするのは許されない様な気がした。

イザベラは、それから何日も殆ど部屋を出なかった。


イザベラは、或る夜、久しぶりにあの廊下の小さなサロンに行った。この時刻ならシャルルは姿を見せないであろう。イザベラは窓から夜のロアールの流れを見つめた。川面には美しい月影が映っていた。

イザベラは、はっとして振り返った。

シャルルが立っているのだ。

シャルルは向かいの椅子に座り、一点を凝視した。

「私は、独りぼっちなのです」

不意にシャルルはそう言うと、蒼白の顔をしてうつむいた。

やがてシャルルは立ち上がり、黙って窓際に歩み寄った。そして窓辺に手をかけ、暗い外を見た。

「殿下」

イザベラは、静かに言った。

「私は初め、殿下はお笑いにならない御方かと思いました。いつもお寂しそうな、もの悲しげな御顔で、私は心配致しました。殿下が初めてお笑いになったのを見ました時、嬉しかったのです。とても」

イザベラは、目頭を押さえた。

「私には、フェラーラに4人の従弟たちが居りました。殿下を拝見して居りますと、あの従弟たちのことを思い出すのです」

イザベラは静かに、あの4人の従弟たちのことを話し始めた。11年前の光景が鮮明に胸に甦った。

シャルルは身じろぎもしなかった。

「あの無邪気な笑顔。あの従弟たちは私にとって、命と同じくらい大切な、かけがえの無い宝でした」

イザベラの目に涙が光った。

「私は、一心に壁掛けを刺繍しました。小さな壁掛けを」

イザベラは、夢を見る様な目をした。

「クリーム色の布に、薔薇の花、百合の花、そしてひな菊、花かごの絵を刺繍したのです。幾夜も寝ずに。出来上がりましたのは、フェラーラを発つ3日前でした。弟に届けてもらったのです。でも」

イザベラは目を伏せた。

「4人とも、誰も見送りには来てくれませんでした」

イザベラが話し終わっても、シャルルは身動きしなかった。

イザベラは、遠くの一点を見つめていた。

シャルルは静かに立ち去った。


イザベラは顔を挙げた。窓は白々と黎明を告げていた。

イザベラは立ち上がり、窓辺に歩み寄った。

昨夜、イザベラは部屋に戻ると、キアーラに刺繍の道具を借り、クリーム色の布を探してきて、記憶を辿りながらあの同じ花かごの絵を刺繍し始めた。イザベラは、夜通し一心に刺繍し続けた。何度も指を突いたが、それでも構わずにイザベラは、一針一針心を込めて刺しては抜き、また刺しては抜いた。まるで何かに導かれる様に、不思議な速さで針は運び、そして今、小さな壁掛けが出来上がった。

イザベラは、夜明けのブロワに静かな感動を覚えた。

その時、不意に部屋の扉が叩かれた。

まだキアーラも侍女たちも寝て居り、イザベラは急いで開けに行った。

「ただ今、出国許可が下りました」

イザベラは、口も利けなかった。

「こちらが通行証書でございます」

それにはシャルルの署名が成されていた。

「有難うございます。今すぐ殿下に御礼を申し上げたいのですが」

「それが……殿下は今しがたソローニュの森へ狩りにいらっしゃいました」

イザベラは震える手で通行証書を受け取り、その筆跡を見つめていた。

キアーラは、涙を流して喜んでくれた。

そして急いで朝食を済ませると、お城を出る支度にかかった。

午前11時、全てが完了した。

「お姉様たちは、どうか先にお行き下さい。私は、あと少しだけ用がございます」

「そう。それでは先に馬車に乗ってますわね」

皆は行ってしまった。

やがて、イザベラは独り部屋を出た。

イザベラは、あの廊下の突き当たりの小さなサロンへ行った。

そして、昨夜一心に刺繡した小さな壁掛けを取り出すと、暫くじっと見つめていたが、そっとそれをテーブルに置き、静かに立ち去った。

馬車に乗る前にイザベラは振り返り、ソローニュの森を見やった。

ソローニュの森は、フランス特有の真珠色の空の下に、深緑にけむっていた。

馬車の座席でイザベラは、決して振り返らず、馬車が王宮から離れて行く車輪の音を聞いていた。

第17章　マントヴァへ

翌朝、イザベラはロアール川の岸辺でキアーラに言った。

「お姉様、マントヴァは滅亡を免れました。お姉様の御蔭でございます」

キアーラは首を振った。

「お礼を言わなくてはならないのは私です。貴女の御蔭で、私は祖国を失わずに済みました。そして」

キアーラはイザベラの目を見た。

「私は、これでやっと力強く生きることが出来そうなの」

遂に一行は船に乗った。

キアーラは岸辺にたたずんでいつまでも見送り続けた。

イザベラは、こみ上げる涙でその姿が見えなかった。

一行は、もう修道士や修道女の姿ではなかった。この服は、キアーラからのたっての贈り物なのだ。

あたりは燃え立つ様な緑だった。

「生きていたのだわ」

イザベラは、涙がにじんできて、どうすることも出来なかった。死を覚悟してシャルルの前に進み出た時にも出なかった涙が。

全ての木々が、全ての花が、イザベラの目にしみた。


やがて一行は、リヨンに到った。

リヨンはソーヌ川とローヌ川の合流する交通の要衝で、ソーヌ側右岸の丘の上にはローマン・ビザンチン様式の白い教会ノートルダム・ド・フルビエール寺院がそびえ、そして丘の中腹にはローマ時代の劇場の遺跡が、丘の下には12世紀に建てられたサン・ジャン寺院が、この町の１５００年の歴史を象徴するかの様に、樹木の間に静かなたたずまいを見せていた。

数週間前ここを通った時は命がけで、こんな美しい明るい町だとは少しも気がつかなかった。

もう二度と見ないかも知れないフランスの町リヨン。

イザベラは、感謝と感激に満ちた目で、ローヌ川の川船の上からいつまでも岸を見つめ続けた。


船はフランスを離れ、ローヌ川をアルプスへと遡った。

レマン湖の鏡の様な水面を見ながらイザベラは、数週間前、夜の湖面に落とした涙を思い出した。

モンブラン、マッターホルン、ブライトホルン、リスカム、そしてモンテローザ、ユングフラウ、この山々を生きて再び見る日があると思ったであろうか。イザベラは、朝日に金色に輝く峰々を仰ぎ、言い知れぬ感に打たれた。

一行は遂に上陸し、サンプロン峠に差しかかった。公道を大手を振って通ることが出来るのだ。

通行証書を見せると役人たちは敬礼し丁重に通してくれた。それを見てイザベラは、感動とシャルルへの感謝の気持ちで胸がいっぱいになった。

谷間には牛や山羊たちの鈴の音がこだましていた。

イザベラは、あのおばあさんや、ものものしいいでたちで山道を送ってくれた21人の若者たちは、今頃どうしているだろうと思った。もう一度会って、一人一人にお礼を言いたかったが、今は一刻も早くマントヴァへ帰らねばならなかった。イザベラは谷間を見ながら心の中で何度も、有難うと言った。

馬で山道を下りながら、一行はいつしかあのお花畑に来ていた。光輝く絨毯を敷きつめた様な可憐な花々。あたり一面がまばゆい光に包まれ、イザベラは夢を見ている様な気がした。

イザベラは、これをエレオノーラに見せたらどんなに喜ぶだろうと思った。

イザベラは馬から降りて、エレオノーラのために花を摘もうとした。

しかし、跪いて花々を見ているうちに、やめた。シャルルに言った言葉を思い出したのだ。

本当に、どんな小さな花も精緻で美しい造りをしているのにイザベラは驚いた。

イザベラはそこに神様の愛情の様なものを感じ、心を打たれた。


一行は馬の背に揺られて山を下り続けた。

「お妃様、私はこれから大急ぎでマントヴァへ向かい、一刻も早く殿様にお報せに行きたいのですが、お妃様たちは後からゆっくりお越し下さい」

アントニオが言った。

「まあ、有難うございます。でも、通行証書が」

「そんなの無くても平気です。行かせて下さい」

「いいえ、やっぱり通行証書が無いと危ないです。もう少しお待ち下さい」

アントニオは一刻も早くフランチェスコに報せたくてうずうずしている様だった。


針葉樹の林に入ると、木々の影が心地よく空気が清々しかった。時折り、鳥の声や枝を渡る羽音がこだました。

長く続いた林を出ると、遂にマジョーレ湖が見えてきた。

一行は馬を速めた。

「おば様」

イザベラは、馬を預けたあの農家に駈け込んだ。婦人は中から飛び出して来たが、イザベラの姿を見ると仰天した。

「あ、あの、どちらのお姫様でいらっしゃいますか？」

婦人は、やっとそう言った。

「おば様、私です」

イザベラは歩み寄った。

「ほら、この間お世話になりました……」

「は？」

「馬をお預かりいただきました……」

「まあ」

婦人は絶句した。

イザベラは微笑んで、今までのことを話した。婦人は涙に暮れた。

「おば様、これはフランスまで持って行きました指輪です。国王陛下にお会いする時のために持って行ったのです。ブロワのお城で、はめて居りました」

イザベラは指輪を外した。

「これを差し上げます」

婦人は声も出なかった。

「生きて還れるなんて思わなかったのです。この指輪は使命を全うしてくれました」

「それでも」

「おば様、私はもう一つ指輪を持って参りました」

イザベラは懐から、お守りにしていたあの母の指輪を取り出した。

「母の形見です」

イザベラはそう言って、今外した指に母の指輪をはめた。

婦人は涙ぐんで、掌に乗せられたイザベラの指輪をいつまでも見つめていた。


「おば様、私はよくおば様のことを思い出しました」

婦人はお茶を注ぐ手を止めて、こちらを見た。

「夜はお寂しくございませんか?」

婦人は、目をうるませながら微笑んだ。

「それが、お妃様、息子が兵隊を辞めて帰ってきてくれることになったのです。この秋に」

「まあ」

イザベラは、我が事の様に喜んだ。

婦人は、預けていた馬たちを連れてきた。

「今度こそ、本当にお別れなんですね」

婦人は目に涙をいっぱいためた。

「おば様のことは一生忘れません。戦争が終わったら、またお会いしましょう」

婦人の手を握りしめながら、イザベラは熱い涙がこみ上げた。


次の日の夕方、一行はミラノへ着いた。

暮れなずむ空に、サンタ・マリア・デレ・グラツィエ教会の屋根が見えてきた時、一気に様々な思いが押し寄せ、イザベラは溢れる涙を抑えることが出来なかった。


「すみません。ただ今、帰って参りました」

暗い教会の中に向かって呼びかけると、燭台を持った尼僧が出てきた。

「まあ、お妃様」

尼僧は叫んだ。

「マントヴァのお妃様がお帰りです」

尼僧は暗い奥に向かってありったけの声を出した。

それを聞きつけ、あっという間に教会中から修道士や修道女たちが駈け出してきた。

「よく御無事で」

何十人という尼僧や修道士はイザベラたちを取り囲んで泣き出した。

イザベラも涙が止まらなかった。

「馬をお返しに参りました」

涙を拭きながらイザベラは言った。

「えっ」

皆は驚いた。

「それではフランスまであの馬で」

「いいえ、途中でお預かりいただきました」

「そんな、わざわざ返しに来て下さるなんて」

「律義過ぎますよ」

修道士も尼僧も驚きの表情でざわめいた。

「ただ」

イザベラはうつむいて笑った。

「お借りしました衣は、モンパンシエ公爵夫人がどうしても欲しいと申しまして……これからの人生、心が折れそうになっても、この衣を見たら勇気が湧いてくる、って。——だから、ごめんなさい、お返し出来なくなってしまいました」

皆は、明るく笑った。

一行が置いていった物は、全て保管されていた。

「でも、これは皆様に差し上げるとお約束致しましたので」

「そんなことは知りません」

「そうです。あれは生きてお帰りになれなかった場合のお話です」

修道士も尼僧も、持って帰る様、強硬に勧めてくれたので、イザベラは馬と馬車だけ返してもらうことにした。

彼らは、泊まっていくか、せめて食事くらいしていく様、勧めてくれたが、一刻も早くマントヴァに帰らねばならないので、イザベラは辞退した。


ミラノの町の中を行くと、フランス兵に呼びとめられた。通行証書を見せると彼は最敬礼し、そして言った。

「最近、治安が乱れて居りますので、どうかくれぐれも御用心を」

「まあ」

「特に夜は物騒です。もし天幕をお使いになるのでしたら、この町の近くでは危険です」

「どうも御親切に」

兵士は敬礼して行ってしまった。

あたりは既に夜のとばりが降りていた。

乱闘でも起こっているのか、あちこちで叫び声が聞こえた。

イザベラはぴたりと馬車の窓を閉めた。

馬車の速度が速まった。誰も一言も喋らなかった。

と、突然、わあっという怒声が津波の様に押し寄せて来た。

次の瞬間、一気に馬車が傾いて、イザベラは座席から投げ出されそうになった。

無頼漢たちが襲いかかってきたのだ。

「急げ」

アントニオが叫んだ。御者は必死で鞭を当てた。

「急ぐんだ」

叫びながらアントニオは、馬車に手を掛けた無頼漢目がけて突進した。

恐ろしい鞭のうなりが響いた。

「ああっ」

馬車に手を掛けた男が倒れた。

男たちは怒声を挙げて襲いかかってきたが、アントニオは寄せつけず、馬上で身を躍らせながら、馬車に掛けた無頼漢たちの手を片っ端から鞭で打ちのめして回った。

「急げ」

「行け」

従者たちも一斉に鞭を震わせ、踊りかかった。鞭は風を切ってうなり、そのたびに無頼漢たちは叫びを挙げた。

突然、御者が絶叫した。

見ると、馬が仁王立ちになっているではないか。馬は恐ろしいいななきを挙げた。無頼漢がけしかけたのだ。

「行くんだ」

「行け」

馬は跳ね上がり、馬車は大きく左右に揺れた。

無頼漢たちは一斉に怒声を挙げて襲いかかってきた。

馬車は今にも横転しかけた。

アントニオは突進するや無頼漢を打ちのめし、馬車の馬に乗り移った。

そして、恐ろしい勢いで鞭を当てると、馬車は並み居る無頼漢を弾き飛ばし、全速力で駈け抜けた。


やっとミラノの町を突き抜け、野原まで来ると、夜遅く一行は野に幾つも天幕を張った。

夜が明けると、一行はすぐにまた出発した。


「お妃様、お願いがございます」

アントニオが馬上から話しかけた。イザベラは、馬車の窓から見上げた。

「もう、行かせて下さい。殿様に一刻も早くお報せしたいのです」

「でも、通行証書が」

「私は無くても平気です」

「いいえ、国境付近にはフランス兵が駐屯しています」

「御心配なく。では」

言うが早いか、アントニオは馬に一鞭当てた。

「お待ちになって」

行きかけてアントニオはきびすを返した。

「これを持って行って下さい」

「あっ、これは」

イザベラが差し出した通行証書を見て、アントニオは驚きの声を挙げた。

「これが無かったら、お妃様はお困りになります」

「いいのです。私たちは大勢で参りますが、貴方は一人でいらっしゃるのですから」

イザベラはアントニオの手に通行証書を握らせた。

アントニオは、感極まった表情で暫くそれを見つめていたが、深く一礼すると、しののめの光のさし始めた東をさして、夜明けの野を矢の如く馬を駆って去っていった。

マントヴァへの道をイザベラはまばたきもせず、馬車の窓から見つめ続けた。

刻一刻、着実にマントヴァに近づいているのだ思うと、イザベラの胸は高鳴った。

その夜、イザベラは天幕の中で眠れなかった。

明け方、まだ暗いうちにイザベラは、自分の喜びの声で目を覚ました。

今日こそ、今日こそマントヴァに着くのだ。

早朝、一行は出発した。

「ああ、マントヴァの風のにおいだわ」

イザベラは涙を流した。


馬車は国境に差しかかった。通行証書が無いので、ここは最後の難関である。

イザベラは窓を閉めた。

馬車は、刻一刻、国境に近づいた。

その時、わあっという叫び声の様なものが微かに聞こえた。

そして、それはだんだん迫ってきた。

「何が起こりましたのでしょう」

「せっかくここまで帰り着きましたのに」

侍女たちは向かいの座席で震えていた。

イザベラは、身を固くした。

と、突然、馬車が止まった。

イザベラは、心臓が乱れるのを感じた。

不意に馬車の窓が外から開けられた。侍女たちは蒼白になった。

イザベラは心を決め、馬車から降り立った。

その瞬間、地を揺るがす様な歓声が湧き起った。

イザベラは気が遠くなった。

なんとそれは、無数の出迎えの人々だったのである。

イザベラは、立っているのがやっとだった。

その時、イザベラは、はっとした。

エレオノーラがこちらに向かって走ってくるのだ。

イザベラは我を忘れて駈け出し、エレオノーラを抱き上げた。

その瞬間、涙が堰を切った様に溢れ、イザベラは息が止まりそうになった。

イザベラは、エレオノーラの小さな胸がつぶれるほど抱きしめたが、自分でも腕の力を緩めることが出来なかった。エレオノーラの柔らかい髪が口に入っても、イザベラは顔を摺り寄せて泣き続けた。

その横でフランチェスコは、いまにも涙がこぼれそうな表情で仁王立ちになっていた。

人々は、一斉に万歳を叫んだ。

人々は、声を限りに万歳を叫んだ。

その声は、マントヴァの山野に広まり、いつまでもいつまでもこだまし続けた。

エピローグ　その後のイザベラ

遡ること3年。

1497年12月、イザベラの弟アルフォンソ・デステは、最愛の妻アンナ・スフォルツァの出産を目前に控え、至福の喜びをかみしめていた。実に結婚後6年にして初めて子宝に恵まれたのだ。

しかし……その喜びは無残にも引き裂かれ、出産直後に新生児もアンナも死去。

アルフォンソはもとより父エルコレ一世もイザベラも慟哭し、フェラーラ全土が悲嘆に包まれた。

以後4年間、数多の縁談が寄せられたが、アルフォンソは見向きもしなかった。


イザベラがマントヴァとフランスの不可侵条約を締結した、その翌年の1501年、突如ローマ法皇アレッサンドロ六世が、娘ルクレツィア・ボルジアとアルフォンソの結婚をフェラーラ公爵エルコレ一世に迫った。

ルクレツィアは美しいがとかくの噂のある自由奔放な女性で、評判が良くなかったため、フェラーラ側は即座に断った。

しかし、普通の政略結婚では考えられない常軌を逸した執念で法皇側は迫ってきた。

実は、ルクレツィアの兄チェーザレ・ボルジアが全力で推進していたのだ。

何ゆえチェーザレはそこまで妹とアルフォンソの結婚に執着したのか？

……冷酷な男として有名なチェーザレ・ボルジア。

誰にも本心を見せない孤独なチェーザレは、人知れず、或る女人に憧れを抱き始めていた。

それまで女性の人格を無視し踏みにじってきた彼なのに、1歳年上のその人のことを思う時だけは、何故か少年に戻ってしまう。そんなどうしようも無いあえかな自分の心に戸惑いながらも、はにかみと無上の喜びを感じるのであった。

密かに彼は自らの剣の束に、その人の紋章である星を刻印した。

「レオナルド・ダ・ヴィンチを我が陣営に招請しよう。彼は、あの人の肖像画を持っている……」

そう思うと胸が熱く高鳴った。

1501年、チェーザレの悲願が叶い、妹ルクレツィアとアルフォンソ・デステが結婚。

チェーザレは喜びに満ちた書簡をイザベラに送った。

「気高きマントヴァ侯妃とこうしてきょうだいになれましたことは、私にとって無上の喜びでございます」

マントヴァは経済的にも苦しかった。

イザベラが結婚の時にフェラーラから持参した宝石類も全て質に入れ、イザベラはフランチェスコとマントヴァを支え続けた。

経済に無頓着なフランチェスコは、またいつもの様にイザベラに手紙を送った。

「申し訳ないけど、ちょっとまたお金を工面してもらえないかな?」

イザベラの返信。

「殿とマントヴァのために私の血の最後の一滴まで捧げ尽くすことが、私の悲願でございます。ですが殿、既に私の服はことごとく質に入れ、今、私の手許にある服は2着のみでございます。

黒い服1着と明るい色の服1着。

もしも今、明るい色の服を質に入れますと、私は年がら年中黒い服を着なければならなくなります。

どうかそれだけは御容赦下さいませ」

イザベラは、フランチェスコに何度も極秘の手紙を送った。

「チェーザレ・ボルジア様には、どうかくれぐれも御気をつけ下さいませ。

特に、毒を盛られていないか、細心の御注意を。

殿のことを思うと、私は心配でたまりません」

……チェーザレの自分への思いに気づいていなかったのか、或いは、気づいていたからこそフランチェスコの存在を疎ましく思うであろうチェーザレを恐れたのか。

しかしチェーザレは、イザベラを悲しませる様なことは一切しなかった。

経済的にも苦しく心のこもった贈り物しかできなかったイザベラは、或る時、チェーザレにフェラーラ特産のカーニヴァルのお面を沢山送った。

この安価でユニークな心あたたまる贈り物にチェーザレは頬を染めて喜び、すぐにイザベラにお礼状をしたためた。

「こんなに嬉しい贈り物はございません」と。


そんなさなか、ルクレツィア・ボルジアとフランチェスコの不義密通の噂が駈け廻った。

真相は定かではなかった。

精神的な愛とはほど遠い、単なる遊びだとの噂もあった。


イザベラは独りストゥディオーロで、初めてフランチェスコがテオドラのもとに走ったことを知った19歳の日の衝撃を思い出していた。

あの時、絶望のあまり病気になって寝込んだ自分を心配してフェラーラから駈けつけてくれた母。

母は言った。

「フランチェスコ様は、子供の様に全身で寂しさを表していらっしゃるのです。イザベラ、どこまでもフランチェスコ様を信じなさい。あの方は、命がけで戦って勝ち獲った聖なる優勝旗を貴女に捧げて下さった御方ですよ」

思い出すイザベラの目から、ぽろぽろと涙がこぼれ落ちた。あの19歳の日と同じ涙が。

「お母様、そうなんです。亡きベアトリーチェへの思いに心が闇に暮れ『ミラノを支援して下さい』と私が懇願した時、それによって御自身もマントヴァも滅亡の危機に晒されることを知りながらフランチェスコ様は私の願いを聞いて下さいました。私は、どこまでもフランチェスコ様を信じます」


1503年　法皇アレッサンドロ六世（チェーザレの父）死去。

アレッサンドロ六世を敵視していたユリウス二世が法皇に即位。

チェーザレは、一気に力を失った。

1507年　チェーザレ・ボルジア　ナヴァラで戦死（享年31）。

1508年　法皇ユリウス二世の主導によりイタリア諸国はフランス、ドイツ（神聖ローマ帝国）、スペインと結び、反ヴェネツィア同盟たるカンブレー同盟を結成。

マントヴァもカンブレー同盟に参加したが、フランチェスコがヴェネツィアの捕虜となった。

イザベラはマントヴァ全軍を掌握し、マントヴァを守り抜いた。

さらにイザベラはマントヴァの内政においても善政を敷き、称賛を浴びた。
同時にイザベラは、ヴェネツィア、法皇ユリウス二世、フランス、ドイツと交渉し、フランチェスコの釈放に成功。

1512年8月1日　フィレンツェ、ミラノ等の諸問題を解決するためマントヴァで国際会議が開催され、イザベラが議長を務めた。イザベラ38歳。

1519年　フランチェスコ・ゴンザーガ侯爵死去（享年53）。
イザベラ45歳。
長男フェデリーコ（19歳）がマントヴァ侯爵に即位。
イザベラは摂政となった。
イザベラは、建築、農業、産業などを学び、卓越した政治手腕を発揮。
マントヴァの民も廷臣たちもイザベラに深い愛情と敬意を抱いたと言われる。

1527年　53歳のイザベラはローマに向かった。当時、ローマでは神聖ローマ（ドイツ）皇帝カール五世軍による苛烈な略奪が行われていた。イザベラは自らのローマの邸宅を避難民収容所として開放し、カール五世軍から逃れてきた2000人の難民を受け容れた。
そして、略奪が沈静化し、ローマが安定し始めるのを見届けてからマントヴァへ帰国。

イザベラは、自分がいない時も邸宅に保護を求める難民の安全が確保される様に全力を尽くした上でローマを離れた。

マントヴァに帰国してからのイザベラは、マントヴァをヨーロッパの文化の中心へと高めることに尽力し、女学校の創設や、ゴンザーガ家の邸宅を美術館として開放するなどの施策を行い、民のために尽くした。

1533年 59歳になったイザベラは、我が耳を疑った。

英国のヘンリー八世が、キャサリン王妃と離婚し愛するアン・ブリンと結婚するため、離婚に反対して自分とアンを破門したローマ法皇庁と決別。英国教会を設立したのだ。

「これから、どれほどの陰謀がヘンリー八世とアン・ブリン王妃を襲うことか」

イザベラは、身の毛もよだつ予感に戦慄が走った。

イザベラは身を震わせながら、英国の情報を集めさせた。

間もなく生まれたのは女の子。その子は、エリザベスと命名された。

ヘンリー八世は男の子を望んでいたらしいが、それでもエリザベスの誕生を喜び、英国では女の子には前代未聞の王位継承権をエリザベスに与えた。そこにはアンとエリザベスに対するヘンリー八世の愛の深さが感じられ、イザベラは、

「どうか、悲劇が起こりません様に」

と祈らずにはいられなかった。

しかしやがて、アン王妃は姦通罪と大逆罪で捕えられ処刑。

「濡れ衣よ。陰謀に違いないわ」

報せを受けたイザベラは全身の震えが止まらなかった。

最後の日々、アン王妃を牢獄に訪ねたヘンリー八世は涙ながらに
「エリザベスを連れて宮殿を出てくれ。そなたたち母子がひっそりと安穏に暮らせる様、隠れ家も用意してある。どうか死なないでくれ」

と何度も懇願したが、アン王妃は
「それでは、エリザベスの王位継承権はどうなるのです？」

と言い続けた。

「女の子に王位継承権など必要ない。女が国王になることが幸せだとでも思っているのか。そんなことは諦めて、とにかく生きることだけを考えてくれ」

と号泣しながら懇願するヘンリー八世に、アン王妃は
「あの子の幸せのために言っているのではありません。幼いながらもエリザベスを見ていると、この国を守る天命がこの子にはある、と感じるのです。自分の命惜しさに、この国を守るというエリザベスの天命を犠牲にすることは出来ません。——私は王妃として死にます。エリザベスの王位継承権を守るために」

と言って最期まで譲らなかった……

それを聞いて、イザベラは涙にむせんだ。

「もしも、エリザベスが女王になったら、必ず偉大な女王になって国を守ることでしょう。でも、だからこそ、墓碑を創ることさえも許されない母上アン王妃の墓所を独り訪ねては、『この苦しみが……国を守る、国を率いる、この苦しみが、お母様が命に代えてまで私に遺したかったものなのですか』と号泣なさることでしょう」

そう言って、イザベラは慟哭した。


60歳を超えた或る日、イザベラはティツィアーノに肖像画を依頼した。

しかし、出来上がった肖像画を見つめていたイザベラは、突然目を輝かせ、夢を見る様な瞳で言った。

「16歳の頃の私を描いて下さい」

16歳といえば、フランチェスコと結婚し、初めて侯妃としてマントヴァに来た年。

呆気にとられながらもティツィアーノは、16歳の頃のイザベラに思いを馳せながら、肖像画を描き直した（その面立ちのなんとモナリザに似ていることか……）。

1539年2月13日、49回目の結婚記念日の2日後、イザベラはフランチェスコのもとへと旅立った（享年64）。

〈著者紹介〉
稲邊富実代（いなべ ふみよ）

プリマドンナ・デル・モンド
誰《だれ》も知《し》らないモナリザの秘密《ひみつ》

2024年12月6日　第1刷発行

著　者　稲邊富実代
発行人　久保田貴幸

発行元　株式会社 幻冬舎メディアコンサルティング
〒151-0051　東京都渋谷区千駄ヶ谷4-9-7
電話　03-5411-6440（編集）

発売元　株式会社 幻冬舎
〒151-0051　東京都渋谷区千駄ヶ谷4-9-7
電話　03-5411-6222（営業）

印刷・製本　中央精版印刷株式会社
装　丁　弓田和則

検印廃止

Printed in Japan
ISBN 978-4-344-69182-7 C0093
幻冬舎メディアコンサルティングＨＰ
https://www.gentosha-mc.com/